Jemanden zu treffen, der einen berührt, ist ein Geschenk!

Diese Geschichte ist all jenen gewidmet, die so jemanden getroffen haben und schon nach den ersten Schritten wieder umgekehrt sind.

Gehen Sie ruhigen Gewissens weiter - ein Stück mit ihr oder ihm.

Jeden Moment dürfen Sie genießen.

Jeden Moment können Sie neu entscheiden.

Danke an Dr. Ralf Schuster von der Österreichischen Geologischen Gesellschaft für die Einblicke in die wunderbare Welt der Geologen sowie allen anderen Männern und Frauen, die bei der Entstehung dieser Geschichte beteiligt waren.

Aus heiterem Himmel

_____

ENDLICH

Der Rotwein in dem bauchigen Glas vor ihr auf dem Tisch schimmerte purpurfarben. Die leise Musik in der Bar schaukelte sie beinahe in den Schlaf. Allerdings nur beinahe. Der Grund dafür war der Mann, der neben ihr saß.

Sein linker Arm umschlang ihre Hüfte und seine rechte Hand strich ihr zärtlich über das Gesicht. In diesem Gemisch aus Hitze und Wärme blieb die Zeit ehrfürchtig stehen.

Nichts davor, nichts danach würde mit diesem Gefühl mithalten können.

Jeder Schlag ihres Herzens, jeder Atemzug galt dem Moment.

Sie schloss die Augen und lehnte sich in die Umarmung.

Endlich ließ sie die Hingabe und die Weiblichkeit zu. Bedingungslos.

DAS KONZERT

Damals in dem Konzert des Liedermachers, den sie seit ihrer Jugend mochte und der für ihren Mann so gar nicht in Frage kam, ist es passiert. Sie war mit ihrer Schwester dort gewesen. Vorher beim schicken Italiener ums Eck und einen Prosecco geschlürft. Weder Sekt noch Champagner konnten mithalten, wenn die beiden Frauen Lust auf ein Schlüpfel Alkohol verspürten. Die Aperol Mode war rasant an ihnen vorbeigezogen, ebenso wie die letzten zwanzig Jahre.

Veronika arbeitete in der Nationalbibliothek und bot deren Archive unterschiedlichsten Institutionen zur Nutzung an. Lächelnd beschrieb Viktorias Mann ihre Tätigkeit mit den Worten: „Ihr verkauft die Bibliothek." Veronika führte das ausschweifendere Leben der beiden, trug die ausgeflipptere Mode und wusste um die schickeren Locations. Damals stand der Liedermacher ebenso wie heute in einer engen Lederhose und einem weißen Hemd auf der Bühne. Früher ganz alleine mit seiner Gitarre. An diesem Abend erstmalig für die aktuelle Tournee mit einem Schlagwerker, einem Bassgitarristen und einem Leadgitarristen. Alle so ungefähr um die fünfzig Jahre alt. Fast alle. Der Mann an der Bassgitarre wirkte jünger. Doch wer konnte das im Halbdunkel, das zur Inszenierung der Songs gehörte, schon genau sagen. Hauptsache, die Lieblingssongs erklangen und das taten sie. Veronika und Viktoria wippten mit den Füssen, lächelten, sangen die Texte leise mit und waren glücklich.

So glücklich, dass über ihnen wohl eine helle Wolke im Saal stand. Anders konnte sie ihn nicht erklären, diesen magischen Moment. Jenen, als die Musiker gegen Ende des Konzertes ganz nach vorne an den Bühnenrand traten und im gleichen Licht standen, das nun auch die ersten Reihen erhellte. Wie aufgefädelt, einander beinahe an den Händen fassend, blickten sie ins Publikum. Rundum in den großen Saal, hoch hinauf zu den Tribünen, wieder hinunter ins Parkett. Sie badeten im Applaus und strahlten.

Der Bassist stand schräg vor Viktoria. Sie bemerkte, dass er wohl doch nicht mehr so jung war. Leichte Falten um die hellen Augen und vereinzelte graue Haare zeichneten ein schönes Männergesicht. Genau in der Sekunde, als sie ihn freudig musterte, schaute er sie an. Und zwar nicht einfach ins Publikum, nein, er schaute direkt in ihre Augen. Dann verbeugte er sich mit seinen Freunden und ging ab. Viktorias Herz klopfte schneller. Ihre Schwester stand auf und klatschte und schrie „Zugabe". Viktoria blieb noch ein Weilchen sitzen, ihre Knie zitterten.

Schließlich erhob sie sich – wie all die vielen Menschen rundum – ebenfalls und applaudierte. Wie sehr hoffte sie, den Bassisten noch einmal zu sehen, sich dessen zu vergewissern, was sich gerade ereignet hatte. Zum Glück kamen sie alle noch einmal heraus, nahmen ihre Plätze wieder ein und spielten zwei drei Lieder. Wieder traten sie anschließend ins Licht und holten sich ihren Lohn vom Publikum ab. Viktoria war, als würde der Bassist schon beim Stehenbleiben kurz in ihre Richtung blicken. Sie war wieder um die paar Sekunden länger sitzengeblieben als ihre Schwester. Schnell und fast mit schlechtem Gewissen hüpfte sie auf und beobachtete die Männer, die mit offenen Armen nahmen, was die Menschen zu geben hatten. Der Bassist blickte hinauf zu den Rängen, nach hinten und auch ins Parkett.

Viktoria bekam ihr Kribbeln im Bauch, das besondere Augenblicke ankündigte. Es war kaum auszuhalten, würde er wohl…Die Musiker wandten sich schon mit einem Bein zum Gehen, blickten ein letztes Mal in den Raum. Der Bassist schaute nur Viktoria an. Unter all den Menschen trafen sich ihre Blicke. Im Wegdrehen und den Saal verlassend, zwinkerte er ihr zu. Es war also wirklich passiert. Viktorias Herz war offener, ihr Geist freier und ihr Körper lebendiger geworden. In diesem magischen Moment. Eine andere Frau verließ den Konzertsaal. Veronika war bestens gelaunt und plauderte vor sich hin. Viktoria schwieg und schwebte. Die beiden Schwestern trennten sich an ihren Autos, umarmten einander und beschlossen, die Konzertkarten für den Herbst so bald wie möglich zu buchen.

Dieser Augenkontakt wirkte nach. Wäre Viktoria so wie ihre Schwester gewesen, hätte sie wohl den Namen des Bassisten im Internet recherchiert und ihm einen glühenden Liebesbrief zukommen lassen. Doch Viktoria tat, was ihrer Persönlichkeit entsprach – sie träumte. Träumte davon, ganz von Männeraugen wahrgenommen zu werden. Angenommen als die, die sie war. Mittlerweile gute vierzig Jahre alt, einige Falten im Gesicht und einige Dellen in den Oberschenkeln.

DAS LEBEN

Das Leben, das sie führte, war durchaus bilderbuchreif. Ihr Mann Helmuth, ein erfolgreicher Anwalt, der sich auf Scheidungsverfahren spezialisiert hatte. Jedes Mal, wenn sie beide auf den Bestand und die Qualität ihrer eigenen Ehe angesprochen wurden, lachte Helmuth laut und konterte: "wer wird sich von einem Scheidungsanwalt trennen wollen, gell?" Er sagte das in einem Ton, in dem man von einem kranken Pudel spricht und Viktoria verabscheute ihn dafür. Deswegen parierte sie seit einiger Zeit zwinkernd mit einem „Unsere Ehe? Das könnt ihr nach unserer Scheidung in einer Illustrierten nachlesen, daraus möchte ich doch Profit schlagen!" Helmuth fand das nicht besonders originell, doch er traute Viktoria einfach nicht zu, dass sie ihn verlassen würde. Damals auf der Universität war sie ihm direkt in die Arme gelaufen. Er hatte sie aufgefangen, sich verliebt, sie geheiratet und zwei Söhne gezeugt. Damit war sein Familienplan perfekt. Viktoria war eine kluge, schöne Frau mit der notwendigen Portion Naivität und Unsicherheit. Sie war um einige Jahre jünger als Helmuth und aus gutem Hause. Er die klassische gute Partie.

An ihrem Hochzeitstag traten zwei glückliche Menschen vor den Standesbeamten. Dieselben, die es Stunden später auch noch vor Gott bekannten, dass sie in guten wie in schlechten Zeiten zueinander stehen würden. Punkt.

Helmuth zeichnete sich durch seine Eloquenz, seine Sportlichkeit, seine Allgemeinbildung und seine Warmherzigkeit aus. Letztere zeigte sich bei den Kindern oder den Haustieren. Zwei Katzen, drei Hasen und drei Kanarienvögel teilten mittlerweile die Villa der Familie am Stadtrand. Im plumpen Alltag oder gar im Beruf verbarg sich seine Gefühlsstärke hinter dem Maßanzug. Immer öfter fand sie den Weg nicht mehr heraus. An manchen Abenden oder Wochenenden fühlte Viktoria sich selbst wie eine der Kanzleiangestellten oder einer der Klienten.

So förmlich und distanziert trat Helmuth ihr dann entgegen. Selbst bemerkte er das gar nicht, ihre Hinweise darauf schmetterte er gekonnt ab. Im Laufe der Jahre übte Viktoria damit umzugehen. Sie machte ihr Studium fertig und wurde währenddessen zweimal schwanger. Durch Helmuths Einkommen konnten sie es sich leisten, dass ein Kindermädchen und eine Haushälterin halfen. Nach Viktorias Sponsion bekamen diese beiden von Viktoria einen extra Bonus. Sozusagen eine Zielerreichungsprämie.

Wann immer sie jemand auf ihre großartige Leistung des Studierens und Mutterseins ansprach, lächelte sie. Manchmal erwiderte sie so etwas wie: „Der Helmuth wollte doch so gerne eine G´studierte und ich wollte so gerne Kinder!" Innen drin fügte sie stets noch ein „Radmira und Mona sei Dank", hinzu. Viktoria wollte nicht in Helmuths Praxis mitarbeiten und tat es doch. Für die Jungjuristin schien es der beste Einstieg zu sein. Jedes Mal, wenn sie in der Kanzlei eintraf, spürte sie diesen eisernen Ring um ihr Herz. Sie liebte ihren Mann, doch auch noch im Beruf unter seinen Fittichen zu stehen, raubte ihr Raum. Sie überwand sich, machte ihre ersten Gehversuche und bekam ihre ersten Rosen gestreut. Gut schaffte sie ihren Einstieg, schnell lernte sie dazu. „Bald kann Helmuth an dich übergeben." scherzten Kollegen. Ihre Söhne waren zu dieser Zeit ungefähr 8 und 10 Jahre alt. Ben, der Ältere, kam ganz nach Viktoria. Er träumte gern, er hörte Musik, fraß sich durch Bücher und malte dicke, fette Acrylbilder, wann immer ein wenig Zeit blieb. Clemens, der Jüngere, schlug aus der Art. Weder verfügte er über das zielstrebige, analytische des Vaters, noch über die Schöngeistigkeit der Mutter. Clemens war der Freak in der Familie und keiner wusste so recht mit ihm umzugehen

Schon als Kleinkind machte er Zicken beim Essen, tobte, wenn er nicht in bestimmte Strampler gesteckt werden wollte, schrie, wenn eine Vorstellung im Kasperltheater um die Minute zu lange dauerte. Clemens machte sich wo immer, wie immer Raum. Viktoria bemerkte den Spiegel nicht, den ihr sein Verhalten vor die Nase hielt. Sie suchte Cranio-Sacral Therapeutinnen auf, Osteopaten, chinesische Ärztinnen und andere Hoffnungsträger auf.

Mit mangelhaftem Erfolg. Jedenfalls brauchten diese Wege ihre Zeit und Aufmerksamkeit. Helmuth stand dem allen kritisch gegenüber. Meist fragte er gar nicht lange danach, sondern nahm Clemens in den Arm und vermittelte ein „Das wird schon werden". Wieder in diesem dodeligen Ton, der nichts anderes ausdrückte als „ich bin vollkommen hilflos ob dieser Situation."

Clemens schüttelte dann stets seinen Kopf, entzog sich der Umarmung, verdrückte sich in sein Zimmer. Dorthin wo die schrägen CDs der Ärzte lagerten und die neueste Konstruktionszeichnung der Friedensrakete, die mit millionenfacher Spannung das Böse auf der Welt mit einem Schlag vernichten würde. Im Turnunterricht fiel er auf, weil er so fanatisch lief, kletterte und sprang.

„Sagen Sie, hat der Clemens irgendeinen Grund, vor etwas davonzulaufen? Er benimmt sich, als sei er auf der Flucht.", kommentierte die Volksschullehrerin.

Viktoria hörte die Worte, doch die Botschaft drang nicht zu ihr durch. Sie buchte ein Feriencamp für schwierige Zeitgenossen unter 12 und steckte den älteren Bruder auch gleich mit hinein. Ben lächelte milde. Er würde die Woche nützen, um der elterlichen und kindermädchengestrengen Umgebung zu entkommen. Die Farben und die Leinwände wollte er mitnehmen, das war die einzige Bedingung. In den Osterferien würde es soweit sein. Die Buben waren wegdelegiert, die Sorge um Clemens´ Ruhelosigkeit vertagt und einer außenstehenden Lösungsmöglichkeit überantwortet. Das alles ereignete sich vor dem Konzert des Liedermachers. Danach war Viktoria leichter, gelöster und fröhlicher. Der Blick des Bassisten im richtigen Moment ließ etwas in ihr klingen, das Weiblichkeit hieß und mutiges Frausein. Ein erster Schritt in ihrer Realität bestand darin, sich einen Nachmittag frei zu nehmen. Den wichtigsten Aktenstapel legte sie gegen Mittag erledigt zur Seite. Die Sekretärin würde das notwendige Weitere ganz alleine bewältigen können. Die Kinder waren noch bis zum frühen Abend in ihren Nachmittagsunterrichten versorgt.

Viktoria rief sich ein Taxi. Das tat sie sonst nie. In ihrem Kopf schlummerte immer noch der veraltete Gedanke der Sparsamkeit. Heute verschaffte es ihr beinahe diebisches Vergnügen. Sie würde nicht mit ihrem Auto in die Innenstadt fahren und sich wegen der fehlenden Parkplätze ärgern oder in einer dieser dunklen, unheimlichen Garagen parken. Sie würde lächelnd aus dem brummenden Taxi steigen und in eine dieser Boutiquen gehen, an denen sie sonst schnell vorüber lief, die Einkaufstaschen des Textilriesen in Händen.

Nicht wegen des Geldes, wegen ihrer Erziehung war das so. Sie kam sich schlecht und undankbar vor, wenn sie das Geld mit vollen Händen ausgab. Sie wollte sparsam und bescheiden sein. Heute nicht. Ihr Leben war noch lange nicht vorbei und hatte eine große Portion mehr Buntheit verdient, als sie ihm bislang zugeschrieben hatte. Der Taxifahrer freute sich über die strahlende, freundliche Frau und chauffierte sie zu den Klängen von Bryan Ferry in die Stadt.

DER EINKAUF

Direkt vor dem Geschäft stieg sie aus. Noch einmal musste sie vor dem Schaufenster auf- und abgehen, bevor sie sich ein Herz fasste und die schwere Glastür nach innen stieß. „Guten Tag", sagte sie laut und deutlich, doch es schien niemand im Geschäft zu sein. Beinahe wandte sich Viktoria wieder zum Gehen, da tauchte aus dem hinteren Bereich des Ladens, scheinbar einem Lagerraum eine bildhübsche junge Verkäuferin auf. Ihre Miene verhieß nichts Gutes. „Entschuldigen Sie bitte, wir haben da hinten gerade ein Problem mit der Wasserleitung, ein Rohrbruch oder so was…" seufzte sie.
Viktoria traf es wie ein Schlag in den Magen. Was war das? Kaum raffte sie sich auf, wurden ihre Ambitionen von einem schnöden Wasserrohrbruch wieder zunichte gemacht? „Ich kann mich doch trotzdem umsehen, oder? In meinem Kleiderschrank fehlt ein Sommerkleid. Ganz akut!" Diese Worte entlockten der Verkäuferin ein Lächeln. „Akut, ja, das ist der Rohrbruch auch." Und „natürlich können Sie sich umsehen. Sommerkleid sagen Sie? Ich glaube, dieses hier würde gut zu Ihnen passen!" Mit sicherem Griff zog sie ein hellblautürkises, wehendes Etwas aus dem Schrank. „Oder dieses hier" – diesmal in hellem Rot – „und dann noch das hier, vielleicht…"
Sie hängte die Kleider in die Umkleidekabine. „Ich bin gleich wieder bei Ihnen!" Viktoria fand sich in einer mit drei Spiegeln ummantelten, vermeintlich riesigen Umkleidekabine wieder. Fast fremd blickten ihre rehbraunen Augen auf ihren Körper im Spiegel. Die Unterwäsche ein wenig zu bieder, die Fettpölsterchen an Oberschenkeln und Bauch un-

übersehbar, die Brüste immer noch ein schönes Herzerldekolleté formend, wenn auch nicht mehr aus der Horizontalen.

Schüchtern streifte sie das hellblaue Nichts über. Es ließ sie elfenhaft und zart wirken. Das gefiel ihr gut. Auf den Preis wollte sie erst gar nicht schauen. Das Hellblaue würde mit nach Hause kommen. Beim roten Kleid ließ sie sich noch länger Zeit, bevor sie es überstreifte. Draußen ratterte die Straßenbahn vorbei. Viktoria hörte es nicht. Sie stand wie versteinert in ihrer Spiegelkabine. Das Rot des Stoffes kontrastierte zu ihren dunklen Haaren und ließ ihre Lippen rosig glänzen. are waren durch das dreimalige Schlüpfen in zarte Stoffe elektrisch und standen ihr zu Berge. Die Saumlänge des Kleides reichte bis knapp über ihr Knie, was die Schönheit ihrer Beine unterstrich.

Die Frau im Spiegel, war das tatsächlich sie selbst?

Barfuß wollte sie nun noch die Meinung der Verkäuferin einholen.

Zaghaft öffnete sie den Vorhang der Umkleidekabine und machte den ersten Schritt in das Geschäft. Heller erschien es ihr als vorhin und grösser noch dazu. In diesem Augenblick öffnete sich die Eingangstüre und ein großes Paket auf den Armen eines Mannes schob sich in den Laden. Der Mann stellte das Paket keuchend zu Boden. Er richtete sich wieder auf und stand Viktoria direkt gegenüber. „Das passt Ihnen perfekt, wunderschön sehen Sie aus!" rief er unvermittelt. Viktorias Gesicht nahm die Farbe des Kleides an. Sie lächelte verlegen und flüchtete zurück in die Umkleidekabine. Klopfenden Herzens harrte sie der Dinge. Kindisch. Die erfolgreiche Anwältin, Ehefrau und Mutter zweier Kinder fürchtete die Nähe eines jungen Mannes. Jung, das war er ganz bestimmt. Zum Glück eilte soeben die Verkäuferin herbei und unterschrieb den Botenbrief.„Danke Danijel, bis bald mal wieder!"

Erst nachdem Danijel, wie der junge Mann wohl hieß, das Geschäft wieder verlassen hatte, wagte sich Viktoria wieder hinaus. Diesmal allerdings in Schuhen. „Perfekt, wunderbar! Das ist wie für Sie gemacht." Kommentierte die Verkäuferin ihren Auftritt. „Allerdings, die Schuhe…also, entweder feine Sandalen oder am besten barfuß, würde ich meinen."Viktoria spürte wiederum die Röte in ihr Gesicht steigen. „Ich nehme es, und das andere auch", sagte sie bestimmt und beeilte sich, in ihr Alltagsgewand zu kommen. An der Kassa zog sie eilig die Kreditkarte durch das Terminal, um es sich nicht doch noch anders zu überlegen. Die pinkfarbene Einkaufstasche, in der die beiden elfenhaften Gewänder verschwunden waren, erschien ihr beinahe zu auffällig, so als würde sie die Überwindung der Käuferin laut hinausschreien. „Seht nur her, Ihr Leute, sie hat es getan!" Die Verkäuferin bemerkte das Zögern.

„Sie können gerne noch so eine Tasche haben, die sind wirklich praktisch!" interpretiere sie in die Gegenrichtung. Um nicht ganz blöd da zu stehen, nickte Viktoria. Eine der Taschen würde sie wohl ihrer Schwester schenken, wenn nicht gar beide.

DIE FAMILIE

Zurück in ihrem Büro stellte sie das verräterische Beweisstück in den versperrbaren Aktenschrank. Draußen begann es zu regnen. Das war die Absolution, die Kleider ihren drei Männern noch nicht vorzuführen. Stunden später verließ sie ihren Arbeitsplatz und kehrte mit dem praktischen Mittelklassewagen in ihr Zuhause zurück. Ohne die pinkfarbene, auffällige Tragetasche, versteht sich. Dafür mit einem Einkaufskorb voll frischem Obst, das sie aus dem Bioladen noch schnell mitbringen wollte. In ihr wuchs eine Unruhe, die sie mit Aktivität zu bekämpfen suchte. Die Erdbeeren waschen, die Melonen schneiden, aus den Bananen ein leckeres Frappee zaubern. Kalendermäßig war Sommer, die Außentemperatur lag bei ungefähr 15 Grad Celsius, doch in Viktoria schlummerte ein Vulkan ungeahnter Hitze. Ben bemerkte es als erster. „Mutter, was ist los? Vitaminkollaps?" scherzte er, als er sie inmitten der großen Designerküche wie ein kleines Heinzelmännchen das Obst schnippeln sah. Er kam gerade vom Volleyball und war verschwitzt und durstig.

Aufgrund seiner Größe wollten ihn die Basketballer schon mehrmals abwerben, doch das war Ben zu grobschlächtig. Schon als kleiner Bub distanzierte er sich von den Fußballern, die waren ihm zu brutal. Sagte er zumindest.

In Wahrheit widerstrebten ihm die häufigen Trainingstermine. Ben brauchte Zeit, um in die Luft zu schauen. Zeit, um seine Acrylbilder zu patzen und seine Musik zu hören. Und er nahm sie sich. Liebevoller und reibungsloser als sein kleiner Bruder. Das erste Bananenfrappée war somit verschlungen. Veronika lächelte dankbar. Ihr Großer war ein Segen für sie. Er gab ihr das Gefühl, nicht ganz so abartig oder außerirdisch zu sein, wie sie sich immer wieder mal fühlte. Nämlich dann, wenn die Veranstaltungen zu laut, die Menschen zu schrill oder die Reden zu überladen waren. Ihre Schwester lachte sie aus. „Du solltest einfach ein paar Prosecco-Freundinnen haben", scherzte sie früher noch. Irgendwann hat sie es dann aufgegeben und Viktoria nicht mehr auf die Weiberbrunches eingeladen, wie sie sie liebevoll bezeichnete. Viktoria wäre da nie und nimmer hingegangen. Erstens fühlte sie sich unwohl dabei, bereits am Vormittag Alkohol zu trinken, zweitens war sie um ihre Reputation als Anwältin besorgt und drittens kannte sie Helmuths Meinung zu solchen Runden.

Am heutigen Abend fiel ihr Blick schon zum zweiten Mal auf den gutsortierten Barschrank im Wohnzimmer. Das wäre die zweite Ausnahme an einem Tag, meldete ihr Gewissen, das wohl einen Vertrag mit all ihren anerzogenen Hemmungen geschlossen hatte. Sie ließ den Schrank zu. Clemens polterte wie immer heran. Er schmiss den Roller in die Ecke der Hauseinfahrt. Dieses Geräusch kündigte ihn Sekunden vor seinem tatsächlichen Erscheinen an. Ben schüttelte den Kopf und griff zum zweiten Glas Frappee.„Das ist für Clemens" wies die Mutter ihn zaghaft darauf hin, da war es schon geleert. So rächte sich der sanfte Große am streitbaren Kleinen. „Ich hab Durst!" tönte es durchs Vorzimmer. „Hallo, kannst du nicht einfach „hallo" sagen, du Zwerg?"

Ben schien durch die traute Verbindung mit seiner Mama in gute Stimmung gekommen zu sein. Und er hatte wohl das Stück Revolution übernommen, das Viktoria in sich spürte. Mehr brauchte der jüngere Bruder nicht. „Zwerg hast du gesagt?" Er machte auf dem Absatz kehrt, schmiss die Türe hinter sich zu und schnappte sich den Basketball. Laut und ärgerlich donnerte er ihn in den Korb. Wieder und wieder. Die schlechte Laune übertrug sich durch die Mauern ins Haus. „Musste das wieder sein?" fragte Veronika.

„Ja, musste. Du solltest ihm das sagen. Er ist unmöglich gerade!" Viktoria nickte. „Du hast recht, ich war wohl mit meinen Gedanken woanders" erwiderte sie In dem Bruchteil der Sekunde, in dem sie das sagte, tauchte es auf. Das Bild, das sie von nun an begleiten würde. Der junge

Mann, der einfach nur gesagt hatte: „Das passt Ihnen perfekt, wunderschön sehen Sie aus!".

„Mama?" Ben setzte nach. Weil seine Mutter nur zögerlich reagierte, setzte er nur noch ein „Ich geh rauf!" nach und verschwand. Viktoria atmete durch. Das Peppeln des Basketballes übertönte das laute Klopfen ihres Herzens.

Ihr Handy läutete – Ben hatte ihr nach dem Konzert mit dem Liedermacher eines seiner Lieder als Klingelton aus dem Internet geladen. Unbewusst wohl erlebte sie nun bei jedem Läuten den Augenkontakt mit dem Musiker, die Intensität, die ihr Herz berührt und wiederbelebt hatte. Liebevoll verschenkt von einem, der genug Liebe in sich trägt. Längst wieder weitergezogen und dahin. Unerreichbar und uninteressant als Mann, der an den Augen hing. „Vroni, du?" Viktoria zitterten die Knie, das war alles zu viel an Gefühl, das über sie hereinbrach. Sie war Anwältin, sie hatte sich und ihre Emotionen im Griff, sie war diszipliniert aufgewachsen – und jetzt das! „Ja, du Süße, du ich hab die Fanpage von diesem Musiker entdeckt und dort ein paar Zeilen hingeschickt, das war doch irre, wie uns der am Ende des Konzerts angeschaut hat, oder? Ich meine, mir gefiele der schon, meinst du ich sollte…"

„Veronika, bitte!" fuhr Viktoria dazwischen. Immer wenn sie ihre Schwester mit dem Taufnamen ansprach, bekam sie so etwas Mütterliches, Richterliches. „Spar dir das Veronika, Vicky" entgegnete die Schwester. Ihr ganzes Leben lang hatten alle sie immer nur „Vicky" genannt. Wozu sie eigentlich auf Viktoria getauft worden war? „Du weißt doch, ich mach mir nur einen Spaß, ich bin eben ganz anders als du. Ach überhaupt – ich wollte dich fragen, ob du mit mir vielleicht auf das Open Air gehen kannst? Meine Kollegin liegt mit Angina im Bett, also bis zum Wochenende bekommt sie das nicht hin. Du weißt schon, Rod Stewart, noch einmal auf der Hohen Warte – so wie damals, kommst du mit?" Wie immer sprudelte Vroni nur so vor Begeisterung und Lebensfreude. Wie immer war es Viktoria zu viel davon. „Vroni, was, wann, wer? Du, ich hab jetzt keinen Kopf dafür." „Wozu brauchst denn da einen Kopf, schau auf deinen Kalender und sag ja oder nein, mein Gott, sei doch endlich einmal spontan, Schwesterchen!" Viktoria hantierte mit ihrem Handy, das vielmehr war als das und kontrollierte den Termin. Dabei rutschte ihr das Ding aus den Händen, die gerade noch im Obstsalat gesteckt waren. Sie verfluchte sich kurz, wozu sie überhaupt rangegangen war. Dann hob sie das Teil wieder auf. „Vicky, bist du noch da? Du, ich muss jetzt eh aufhören, der Bertl ist gerade gekommen, du weißt, das ist der Tischler, der mir die Terrassenbank macht. Du, ich melde mich später wieder, gut? „ Viktoria legte das Telefon weg und wusch sich die Hände. Sie atmete mehrmals durch, griff dann abermals zum Handy und veränderte den Klingelton wieder in einen neutralen welchen. Zuviel Gefühl tat ihr einfach nicht gut. Das sagte Helmuth auch regelmäßig. Clemens startete den zweiten Versuch, nach Hause zu kommen. Ausgepowert vom Basketballspielen schloss er die Türe diesmal sachter und ließ ein versöhnliches „ich bin wieder da" verlauten.

Viktoria kam ihm entgegen und umarmte ihn. Manchmal ließ er das zu und dieser Moment schien der richtige zu sein. Kurz verharrten sie in dieser Stellung, dann erblickte Clemens den Obstsalat. „Kann ich etwas davon haben? Jetzt gleich?" Wie einfach und ordentlich sie doch sein konnten, ihre Buben. Ein Hauch von Stolz erfüllte Viktorias Brust. So hatte die gefühlsmäßige Verarbeitung ihres Aufgewühlt seins durch Verarbeiten von Obst auch noch seinen endgültigen Sinn gefunden. Recht so. Die Riesenschüssel würde Clemens wohl nicht leer essen, dennoch wies ihn Viktoria darauf hin: „Lass dem Papa auch noch was über!". Bei diesen Worten lächelte sie zum Glück, denn schon regte sich in Clemens Widerspruchsgeist, das konnte sie an seinen flackernden Augen erkennen, die sich bei ihrem Lächeln wieder beruhigten. „Wie er seinen Emotionen ausgeliefert ist!" dachte ihr Verstand. „Wie du deine Emotionen verleugnest!" flüsterte ihre Intuition. Helmuth fuhr in die Einfahrt. Der große Mercedes war nicht zu überhören. Soeben verstellte er den Basketballplatz. Die rockige Musik aus dem Wageninneren drang durch das offene Küchenfenster in das Haus. Clemens begann im Takt zu wippen. Die Musik einte die Familie. Das tat gut. Helmuth putzte die Schuhe vor der Haustüre ab, öffnete und schloss sie bedächtig. Er legte seine Aktentasche auf den dafür im Vorzimmer vorgesehen Platz und zog sich die Maßschuhe aus. Dann ging er ins untere Bad, um sich die Hände zu waschen. Beim Blick in den Spiegel freute er sich über seine jungen Augen, die einen erfreulichen Kontrast zu seinen grauweißen Haaren bildeten. Erst dann betrat er das große helle Wohnzimmer mit der integrierten Küche. Mit einem „Hallo, Schatz" begrüßte er Viktoria, danach nickte er Clemens zu, der ihn den Obstsalat mampfend anlächelte. Er tat jetzt, was sie sich zuvor verkniffen hatte, er ging direkt zum Barschrank und holte die Ouzo Flasche heraus, um sich einen stark verdünnten Anisdrink zu gönnen. Seine Frau fragte er erst gar nicht, sie würde ohnehin ablehnen.

Viktoria haderte, in ihr wuchs die Sehnsucht nach griechischer Sonne und Meeresrauschen, die der Ouzo stets mit bedienen konnte, doch sie schwieg und leerte sich Wasser mit einem Schuss Zitronenöl in ein großes Glas. Damit stieß sie mit Helmuth an. „Vicky, wir sind einfach großartig!" tönte er. „Wir haben diesen Fall, den wir kürzlich beim Abendessen so lange diskutiert haben, wunderbar gelöst. Ohne einen Rosenkrieg und nahezu fair. Was täte ich nur ohne dich?" Die Frage war mehr rhetorischer Natur, Helmuth war sich Viktorias Loyalität als Mitarbeiterin vollkommen sicher. Wohl auch ihrer Loyalität als Ehefrau, das schloss sie aus seinen nächsten Worten: „Übrigens, Vickylein" – wenn die Verniedlichung kam, dann folgte Überzeugungsarbeit. „ich habe von einem Seminar über Scheidungsmediation im Burgenland gelesen. Wir wollten doch schon lange diesem Trend zur Mediation Tribut zollen und uns dazu weiterbilden, oder?" Ohne die Antwort abzuwarten setzte er fort:

Du weißt doch, ich hasse diese Veranstaltungen." Die nächste Kunstpause, die Viktoria nun theoretisch Zeit zum Atmen und Möglichkeit zum Antworten einräumen hätte können, entpuppte sich als die Ruhe vor dem Sturm. „Deswegen habe ich dich gleich angemeldet, die Plätze waren rar und nur die Renommiertesten unserer Zunft werden anwesend sein." Jetzt senkte er den Blick und schaute sie an wie der Dackel den Fleischer. Er wusste, dass sie es nicht besonders schätzte, wenn er einfach über ihren Kopf hinweg über ihre Zeit verfügte. In Viktorias Kopf rasselte es. Ein Seminar im Burgenland. Einige Tage ohne die Familie. Warum eigentlich nicht? Die Jahreszeit passte und ihre Laune auch. Noch dazu, wo die Kinder versorgt und der Ehealltag abendlich in den letzten Wochen nur noch aus den aktuellen Fällen bestand. Zu Helmuths Überraschung strahlte sie ihn an. „Gib mir doch bitte auch einen Ouzo, Helmuth, auf ein paar Tage Seminarurlaub möchte ich gerne anstoßen! Schön, dass du mich gleich angemeldet hast!" Verwundert schenkte er ihr ein hohes Glas Ouzo ein. Sein Anwaltsgehirn riet ihm, jetzt besser nicht nachzufragen. Das gemeinsame Abendessen verlief wunderbar entspannt. Ben hatte in seinem Zimmer mit seinem besten Freund gechattet und ihm sein neuestes Bild über die Webcam gezeigt, Clemens war durch den Obstsalat und die vorausgegangen Basketballschlacht gegen sich selbst glücklich erschöpft und Mona hatte dieses wunderbare Essen vorbereitet. Beim Tisch mit den bunten Sommerblumen, den Kerzen, den Stoffservietten und der leisen jazzigen Musik wusste Viktoria, dass sie im richtigen Leben war. Der Ouzo verlieh ihm eine kitschige Note und besänftigte sie. Es war alles gut so wie es war.

NOCH EIN KONZERT

Am nächsten Morgen war Viktoria ungewöhnlich spät dran. Vroni hatte sie schon zeitig in der Früh abermals angerufen und gedrängt, doch mit ihr auf dieses Open Air zu gehen. Warum auch nicht? Viktoria spürte förmlich, wie sie aus ihrer seriösen Anwaltskluft zumindest gedanklich bereits in das türkisfarbene Sommerkleid schlüpfte. Die Außentemperaturen blieben frisch, die Termine in der Kanzlei herausfordernd und der abendliche Stau stabil, dennoch ging in Viktoria langsam eine zarte Pflanze auf, die sie an ein anderes Leben erinnerte. Eines, das fröhlicher war und bunter. Punkt achtzehn Uhr bremste sich Vroni vor der Villa ein. Immer noch fuhr sie dieses klapprige alte Auto. „Das hat einfach mehr Sex!" pflegte sie zu sagen, wobei Viktoria noch nicht hinter das Geheimnis der Sexualität von Autos gekommen war. Weder für noch in. Vroni war da ganz anders, sie landete regelmäßig in dem schicken Auto eines Verehrers, der sich ihrer wegen der Rostkarre erbarmte und den sie am Straßenrand stoppte. Pubertär, lästerte Viktoria darüber. Spaßig, parierte Vroni. „Mit meinem Frosch können wir fahren, den beschädigen sie schon nicht. Außerdem gehen wir das letzte Stück ohnehin zu Fuß. Und bitte Vicky, zieh dir was Lässiges an. Ich hab dir zur Sicherheit eine alte Hippiebluse von mir mitgenommen, die sind jetzt wieder ganz in! Und bitte lass den BH drunter weg, sonst wirkt das nicht!" Viktoria war zu verblüfft, um etwas zu entgegnen. Ihre kleine Schwester kommandierte sie herum und sie folgte.

So marschierten sie schließlich die lange Straße zum Fußballstadion bergan. Viktoria wähnte alle Blicke auf ihrem Busen, doch Vroni beschwichtigte sie „Selbst wenn, Vicky, du bist noch keine Oma, also reiß dich zusammen und komm!" Vom Stadion drang bereits Musik an ihre Ohren und Viktoria erinnerte sich an die gleiche Szene vor vielen Jahren. Veronika und sie waren viel zu spät losgefahren, weil Vroni wieder einmal im letzten Augenblick ihr Make Up verändern wollte. Und dann hatten sie sich mit dem charmantesten Lächeln von allen durch die Menge geschoben und getönt: „Unsere Freunde stehen da vorne, die sind stinke sauer, wenn wir nicht kommen, lasst uns bitte durch." Das bescherte ihnen zwar unzählige dumme Bemerkungen, doch schließlich landeten sie weit vorne. Vroni war damals mit einem der Jungs, die um sie herum platziert gewesen waren, mitgefahren, Viktoria hatte sich ein Taxi genommen. Allein. Das war die übliche Praxis und belastete sie nicht weiter. Sie wollte nicht mit jemand Fremdem den Abend teilen und Punkt.

Mit jedem Schritt mehr begann Viktoria sich an das Wippen ihrer Brüste zu gewöhnen. Die weiche Baumwollbluse strich über ihre Brustwarzen wie ein leichter Sommerwind. Kaum konnte sie sich erinnern, dass sie dieses Gefühl gespürt hatte. Ganz in Gedanken versunken landete sie schließlich neben ihrer Schwester auf dem großen Fußballfeld, das heute ausnahmsweise als Open Air Stadion diente. „Hier bleiben wir" bestimmte Vroni und setzte sich im Schneidersitz auf den Boden. Die labbrigen schwarzen Regenjacken, die sie als Unterlage mitgebracht hatte, waren scheinbar noch die gleichen wie damals. Viktoria machte sich gerade daran, sich auch auf den Boden zu setzen, als hinter ihr Getöse aufbrauste. Einer der Zuschauer war scheinbar mit einem anderen ins Streiten geraten und versetzte ihm einen Schlag ins Gesicht.

„Hört doch auf, verdammt noch mal, ihr Idioten!" Viktoria glaubte, die Stimme zu erkennen und drehte sich dennoch nicht um. Wahrscheinlich irgendeiner ihrer Klienten. Nur das nicht, hier gesehen werden in der hauchdünnen Hippiebluse. Zu blöd, wieso hatte sie sich auch überreden lassen und…

„Es reicht jetzt!" Ein dumpfer Schlag beendete die Szene. „Sieh mal, Vicky, dreh dich um, der ist aber mutig, geht da dazwischen. Und stark ist er auch, er hat die beiden echt getrennt!" Viktoria drehte sich nur sehr zögerlich um.

Eben als sich ihr Blick in die Richtung des Spektakels wendete, blitzten ihr zwei bernsteinfarbene Augen entgegen. Sein Gesichtsausdruck war entschlossen, der Körper leicht verschwitzt. Er rieb sich den Knöchel, mit dem er den Aggressor in die Schranken gewiesen hatte. Ungläubig starrte sie ihn an. „Der Junge aus der Boutique!" schoss es ihr durch den Kopf. Ihm schien es wohl ähnlich zu ergehen, nur reagierte er schneller. „Hallo, schön Sie wiederzusehen!" sagte Danijel und lächelte sie an. Vroni sprang auf. „Hallo, schön Sie kennenzulernen, ich bin ihre Schwester. Und wir können doch ruhig du sagen, ich meine hier auf dem Konzert??" Vroni gurgelte vor Lachen und Viktoria zitterten die Knie, sodass sie nicht sicher war stehenbleiben zu können. „Freut mich!

Danijel, ich heiße Danijel" sagte Danijel und streckte Vroni seine Hand hin. Das war zu viel für Viktoria und sie musste sich setzen. Vroni fing an, los zu plappern und blieb stehen, doch Danijel lächelte nur und setzte sich zu Viktoria auf die Regenjacke. Sie konnte seine langen Beine in den leichten Ledermokassins verschwinden sehen. Seine Fußrücken waren noch ein Stück brauner als der Rest seines Körpers. Ihre Erhebung streckte sich förmlich in Richtung einer Berührung. Sie hatte vergessen, wie schöne nackte Männerfüße sie anturnten. Just in diesem Moment fiel es ihr wieder ein. Vroni setzte sich auch wieder. Weil die beiden anderen schwiegen, eröffnete sie die Runde abermals. „Wir brauchen etwas zu trinken, meint ihr nicht?" Danijel meinte nicht, dennoch nahm er ihr den Wind aus den Segeln und sagte: „Was wollt ihr denn trinken, ich hole uns was." Dabei hielt er wie selbstverständlich die Hand auf. Viktoria kramte einige Münzen hervor. Vroni gluckste: „Ein Bier oder einen großen Gspritzten oder sowas, danke dir!" Viktoria schluckte und ließ es geschehen. Und weg war er. Nicht ohne vorher seine eigene Jacke als Sitzunterlage genau neben Viktoria zu platzieren. „Du kennst den? Woher denn? Weiß Helmuth davon?" Vroni konnte sich vor Begeisterung kaum halten. „Vicky, jetzt sag schon!" Viktoria winkte ab. „Nur eine zufällige Begegnung, in einem Geschäft oder bei einem Klienten, ich weiß nicht mehr genau." „Also du legst keinen gesteigerten Wert auf ihn, ich meine, du würdest wieder mit dem Taxi fahren?" Dieser Satz drang nicht mehr zu Viktoria durch. Ihr Herz klopfte und die Lüge schmerzte. Wie oft log sie berufsmäßig. Leidenschaftlich und überzeugend, doch diese kleine Notlüge wog schwerer. Mit welcher Leichtigkeit er ihr in der Boutique begegnet war. Mit welcher Kraft er hier auf der grünen Wiese abermals in ihr Leben kam. Versonnen blickte sie Richtung Bühne, auf der die Vorgruppe langsam zu spielen begann. „Vicky" mahnte Vroni laut. Eben jetzt kam Danijel zurück. Vicky hieß sie also, die zauberhafte Frau, an die er seit dem Tag in der Boutique schon mehrmals gedacht hatte. Vicky. Das passte irgendwie gar nicht. Auf der Bühnte dröhnten die ersten Akkorde. „Viktoria?" wagte er sich nach vorne, um sie auf ihr Getränk aufmerksam zu machen. Viktoria schloss für eine Sekunde die Augen. Das konnte doch nur ein Traum sein. Jemand, der sie nicht kannte und der mit solcher Liebe ihren Namen sagte, ohne ihn auf die Verniedlichung zu reduzieren. Danijel wartete bange, wie sie wohl nun reagierte. Das gab ihr die Zeit, sich ihm langsam genug zuzuwenden. Dankbar nahm sie ihm den großen Plastikbecher aus der Hand. „Danke" sagte sie leise. Mehr für die Viktoria als für das Getränk. Alle drei prosteten einander zu. Sie blieben lauschend noch ein Weilchen auf ihren Jacken sitzen. Eine althergebrachte Open Air Taktik, um beim Hauptact noch genug Platz zu haben. Ihre Körper wippten zur Musik und manchmal begegneten sich ihre Augen. Erst beim Aufstehen, kurz bevor der große Star die Bühne betrat, berührten sich die Arme von Danijel und Viktoria. Ganz natürlich war das. Den Bruchteil einer Sekunde bevor der tosende Applaus und die herrliche Musik das Stadion fluteten, beschlossen die beiden innerlich, das Konzert miteinander zu erleben.

Vroni sprang und sang begeistert mit. Wohl doch ein bisschen langweilig der Junge. Sie war schließlich wegen Rodie hier und das kostete sie jetzt aus. Danijel stand dicht hinter Viktoria. Diese Frau hatte etwas in ihm zum Klingen gebracht, das er nicht zuordnen konnte. Ihre klaren hellen Augen, ihre zierlichen Hände oder der verborgene Sex einer erwachsenen Frau?

So genau überlegte er es nicht. Es war ihm auch egal. Seit er sich von seiner letzten Freundin getrennt hatte, war er ein anderer geworden. Die Trennung war von ihm ausgegangen, weil die junge Frau etwas mit einem anderen angefangen hat. Nichts Ernstes. Doch für Danijel reichte das. Er beendete die Beziehung, war Treue doch für ihn ein hoher Wert. Das Leben seither hielt ihm den Spiegel vor. Schon fünf Mädchen waren seither in seinem Bett gelandet und über diese erste Nacht nicht hinausgekommen. Er war gut gebaut, charmant, wohnte in einer kleinen Dachgeschosswohnung und lud sie zu sich ein. Zum Reden, zum Kochen, zum Filme schauen oder zum auf der kleinen Terrasse Sitzen und Staunen. Der Blick reichte über die halbe Stadt und doch saß man geschützt vor anderen Blicken in einer Nische im Dach. Das konnte schon was. Ursprünglich war Danijel ein romantischer Typ und ein Ästhet. Er mochte es, den Kaffee mit der silbernen italienischen Espressomaschine zu machen. Und er aß gerne frisch Gekochtes. Er erzählte interessante Dinge aus seinem Studium oder einem seiner Nebenjobs. Er war neugierig auf das Leben und auf die Menschen. Die Mädchen fanden das hinreißend, außerordentlich und immer gleich als ein Anzeichen für sein

Beziehungspotenzial. Obwohl Danijel alles wie selbstverständlich machte. Er beabsichtigte gar nicht jedes Mal, das Mädchen zu verführen, es war mehr sein forschender Geist, der ihn eine nach der anderen kennenlernen ließ. Trotzdem stieß er sie nicht von der Bettkante. Jede war auf ihre Art in ihrer Sexualität anders. Doch alle waren sie noch jung und unbeholfen, kicherten oder schwiegen oder waren ganz leise und nahmen ihn auf, ohne dass er ihre Erregung genießen hätte dürfen. Er blieb für die Nacht befriedigt, für die folgenden Tage gesättigt. Die Mails oder SMS beantwortete er nicht mehr. Für Weiteres war er nicht bereit. Der Geschmack ihrer Lippen und die Spuren ihrer Worte in seiner Seele entschwanden am nächsten Tag wieder. Das reichte ihm nicht. Auch war es ihm nicht genug, was sie aus ihm herausholten, was er bereit war, ihnen zu geben.

Da existierte eine grosse Sehnsucht, ganz aus sich herauszugehen, sich in Liebe zu verausgaben. Er fand es kompliziert, weil die einzige Frau, an die er regelmäßig liebend dachte, weit weg in Australien ihr Praktikum machte. Nur kurz waren sie ein Paar gewesen, jetzt tauschten sie als Freunde Nachrichten aus. Bei ihm klopfte das Herz schneller, wenn er an sie dachte und er erwog sogar ein Flugticket zu kaufen, sobald er es sich leisten konnte.

Dann war sie in dieser Boutique im roten Kleid vor ihm gestanden, Viktoria. Seither flog manchmal auch ein Gedanke an sie herein. Nicht unbedingt an sein Herz adressiert, vielmehr an seine Seele, die mehr Raum wollte in dieser Welt. Hier und jetzt. So wie bei dieser zufälligen Begegnung auf dem Fußballrasen für das Open Air Konzert. So fanden einander wohl zuallererst die Seelen, als Danijel Viktoria bei einem Liebeslied die Hände auf ihre Schultern legte. Viktoria genoss die Musik und die Stimmung dieses Sommerabends. Sie fühlte sich aufgekratzt, fröhlich und mutig. Veronika neben ihr hüpfte und sprang zur Musik, Viktoria wippte einfach mit. Beim ersten Ton von „You're in my heart, you're in my soul, you'll be my breath when I grew old" lehnte sie sich unmerklich zurück. Als sie die Hände des jungen Mannes auf ihren Schultern spürte, schloss sie die Augen. Veronika blickte sich nach den beiden um.

Sie grinste. Würde ihre Schwester gar endlich ihre Sehnsucht nach der Jugendlichkeit zugeben, die sie ihr regelmäßig vorwarf? Schnell wandte sie sich wieder der Bühne zu. Vicky sollte sich unbeobachtet fühlen, wenn sie die Augen wieder öffnete. Ewig hätte dieses Lied dauern können. Viel zu schnell hörte es auf. Beim Schlussakkord richtete Viktoria sich wieder auf. Danijel ließ seine Hände leicht an ihren Oberarmen hinuntergleiten. Wie gern hätte er sie auf ihre Hüften gelegt oder gar die ganze Frau damit umfangen. Noch wagte er es nicht. Das Konzert neigte sich seinem Ende zu. Veronika freute sich diebisch über ihre Entdeckung. Jetzt wollte sie es genauer wissen. „Gehen wir noch etwas trinken?" fragte sie und schaute Danijel dabei an. Er erkannte die Verbündete und lächelte erleichtert, was Veronika richtigerweise als ein Ja deutete. „Komm, Vicky, wir gehen noch was trinken!" gurgelte sie und hakte sich bei den beiden unter. Danijel konnte den Unterschied der beiden Frauen körperlich spüren, als er so eingehakt neben Veronika ging. Sie war aufgeheizt und schwitzte leicht, so wie ihr ganzer Körper eine schwelende Hitze ausstrahlte, wohingegen Viktorias Körper wie ein Frühlingshauch seine Poren berührte und sich seine Körperhaare aufstellten. Plötzlich war ihm klar, dass es mehr war als nur nette Gedanken oder bloße Geilheit, das ihn zu Viktoria hinzog. Diese wiederum erlebte die Schwester an ihrer Seite als rettende Bastion vor der Berührung mit Danijel. Vroni war erdig und laut,

Danijel feinfühlig in all seiner Kraft. Verführerisch geradezu. Vroni übernahm die Führung und stapfte mit den beiden in Richtung ihres Autos. „Am besten wir gehen zum Wirt hier um die Ecke." „Veronika, du fährst mich noch nach Hause!" mahnte die eine Schwester die andere. „Veronika – der Lenz ist da, weißt du, " sagte Vroni zu Danijel gewandt, „immer wenn sie die große Schwester hervorkehrt, nennt sie mich Veronika. Bitte sag du doch einfach Vroni zu mir, gut?" Danijel war zu jung um sich um das Spiel der beiden Frauen zu kümmern. Es stahl wertvolle Zeit. So erhörte er die Bitte und antwortete kurz: „Klar, Vroni, passt."

Er folgte der Spur, die ihm seine Seele wies und setzte sich neben Viktoria in die enge Eckbank. Vroni schnappte sich den Sessel vis-á-vis und verwickelte Danijel in ein Gespräch. Er erzählte von seinem Geologiestudium und davon, dass er bei einem Fahrradbotendienst jobbte. Überdies noch, dass er nur zufällig zu diesem Konzert gekommen war, eine Studienkollegin war krank geworden und irgendwie mochte er diese Musik, auch wenn sie nicht in sein restliches Musikschema passte. Viktoria lächelte manchmal und manchmal auch nicht. Irgendwann berührte Danijels rechter Oberarm ihren linken. Sie zuckte ein Stück zurück. Er rückte nach und schloss die Berührung abermals. So blieb das. Die ganze Zeit. Nur darauf kam es an. Nach dem ersten Bier gähnte Vroni laut. Die Gesellschaft ihres Gegenübers hielt nicht, was sie versprochen hatte. Die beiden saßen da wie zwei Teenager, die der Gouvernante lauschten. Das reichte jetzt. Sie wollte nach Hause.

„Frau Dr. Gerlich, Zeit um heimzugehen" mahnte sie. „Ja, ich bin auch schon müde." Viktoria stimmte der Schwester zu. Ewig hätte sie noch neben Danijel sitzen bleiben können. Doch nicht hier an diesem Platz. Der Lärm, der Gestank und die Schrille des Gelächters raubten ihr den Atem. Auf irgendeine Art und Weise war sie ganz sicher, dass dies nicht ihr letztes Zusammentreffen mit Danijel gewesen sein sollte. Sein Name fühlte sich schon vertraut an. Sie verabschiedeten sich vor dem Lokal. Er rannte zur U-Bahn. „Dr. Viktoria Gerlich" brannte sich in sein Gehirn ein. Gleich daheim am Computer würde er sie im Netz finden wollen. Vroni brachte Vicky nach Hause.

Kurz bevor Viktoria ausstieg, räusperte sie sich und sagte mit entschlossener Stimme: „Veronika, wir sind jetzt schon ein ganzes Stück über vierzig, lass uns bitte mit dem vollen Namen ansprechen. Und wenn dir das zu blöd ist, sag ich gerne Vroni zu dir. Nur du nenn mich bitte ab heute Viktoria. Geht das?" Kaum war sie ausgestiegen, war ihr klar, dass Vroni sie nicht ernst genommen haben würde. Ihre kleine Schwester war ein Dickkopf und noch dazu hundemüde. Mehr hatte sie wohl zu sich selbst gesprochen. Sie wollte ab nun Viktoria sein. Und dabei dachte sie daran, wie Danijel ihren Namen ausgesprochen hatte. Dabei stellte sich ein wohliges, warmes Gefühl ein. Mit einem Hauch Sex, der sich in ihrer weiblichsten Gegend meldete. Ergänzend zu der Gänsehaut, die immer noch an die Berührung der Arme erinnerte.

DANIJELS ABEND

Danijel landete außer Atem in der U-Bahn. Er war gerannt.
Bis zum letzten Zug war ausreichend Zeit. Doch sein Körper war viel zu angespannt um langsam zu gehen. Er schalt sich einen Narren, mit zwei Frauen auf ein Bier gegangen zu sein, die nur wenige Jahre jünger waren als seine Mutter.
Litt er schon so dramatisch an der Oberflächlichkeit der gleichaltrigen Frauen oder blieb ihm nur nichts anderes über? Es war wohl der Alkohol, der ihm diese Zweifel einflüsterte. Sein Herz klopfte nämlich wie wild und freute sich riesig, endlich wieder eine echte Emotion zu spüren. Eine, die so offensichtlich war, dass sie sich körperlich bemerkbar machte. Zu Hause angekommen warf Danijel den Laptop an und googelte ihren Namen. Dr. Viktoria Gerlich. Tatsächlich, da war sie! Besser gesagt da war die Anwaltskanzlei, Dr. Helmuth Gerlich. Fahrig klickte er die Zeile an. Eine in schwarz weiß gehaltene nüchterne Seite ging auf. Links ein schemenhaftes Foto, darunter eine Buchstabenleiste und rechts Dinge wie Strafrecht, Ehe- und Familienrecht, Vertragsrecht und so weiter. Vergeblich schaute Danijel nach einem Impressum oder einem „Über uns" oder „das Team" Button. Außer der Türaufschrift auf dem Schwarzweiß Foto, die „Dr. Helmuth Gerlich" zeigte, entdeckte er nichts, was auf die Menschen hinter der Kanzlei schließen hätte lassen.
Er klickte die Buchstabenleiste durch, jedes Mal bot sich ihm dasselbe Bild.
Ein Foto und daneben Textblöcke. Auf den jeweiligen Fotos fanden sich Akten, Bücher und Büroräume. Enttäuscht fand er sich auf der Startseite wieder. Seine Finger, die einfach auf dem Touchpad liegengeblieben waren, begannen ungeduldig zu klopfen. Schon wollte er aufgeben, als sich plötzlich hinter dem Kanzleitürbild noch ein zweites Foto öffnete. Hier war zwar wieder nur ein Aktenschrank zu sehen, dennoch schöpfte Danijel Mut und klickte die Bilder nun alle durch. Sein Herzklopfen verstärkte sich, nur noch ein Klick und dann war er wieder dort, wo er angefangen hatte. Er atmete laut durch und dachte bereits an mögliche Alternativen, um Viktoria im Netz zu finden.
Auf dem Foto waren vier Personen zu erkennen. Ganz links ein großgewachsener, junger, dunkelhaariger Mann mit Brille, neben ihm ein

kleiner, etwas übergewichtiger Mann um die vierzig. Rechts ein gutaussehender, grauhaariger Mann, scheinbar im Maßanzug,. In der Mitte der Herren Viktoria. In einem Kostüm mit weißer Businessbluse und einer zarten Perlenkette um den Hals. Danijel musste öfter hinschauen, um sicher zu gehen. Doch, das war sie, das war Viktoria. Ein Insert beim Anklicken der Personen bestätigte es.

Also nochmals von links nach rechts, Mag. Werner Holzer, Dr. Eduard Schönborn, Dr. Viktoria Gerlich, Dr. Helmuth Gerlich. Beim ersten Mal lesen übersah er es fast. Beim zweiten Mal drängte es sich förmlich auf. Ihr Vater? Ihr Bruder? Danijel seufzte. Nein, es war wohl ihr Mann. Der goldene Ring an ihrem linken Ringfinger hatte es bereits angekündigt. Trotzdem schmerzte es ihn. Schnell speicherte er das Foto ab und machte die Seite zu. Eins folgte dem anderen. Hinein in sein Bildbearbeitungsprogramm und die Menschen um Viktoria herum weggeschnitten. Dann noch sie selbst ein wenig vergrößert. So wollte er sie gerne für diese Nacht in seinem Leben behalten. Gleichzeitig freute er sich auf all die Fotos, die er von ihr noch machen würde. Ohne Businessbluse und Kostüm. Vielleicht im roten Kleid. Davon träumte er.

VIKTORIAS ABEND

Viktoria kam hundemüde nach Hause. Die schwere Türe ließ sie sanft ins Schloss fallen. Jetzt nur bitte keinen ihrer Männer aufwecken, die ihr mit einer banalen Frage den Glanz dieses Abends rauben hätten können. Schnell die Schuhe abgestreift und die nackten Füße den weichen Teppich fühlen lassen. Sie setzte sich ins dunkle Wohnzimmer. Von draußen leuchtete eine Straßenlaterne herein, das reichte vollkommen aus. Sie wollte die Sicherheit der Nacht nützen, um ein Stück Klarheit über dieses Gefühl zu bekommen. Die Couch lud sie ein, sich hinzulegen und zu träumen. Viktoria folgte der Einladung.

Bestimmt zwei Stunden lag sie so da und dämmerte vor sich hin. Eingehüllt in das wohlige, wattige Wahrnehmen von Erneuerung und Aufregung in ihrem Leben. Leise und sanft mischte sich ein Liedtext in ihre Gedanken, den sie kürzlich in einem Film gehört hatte. Dem Film, der von den Comedian Harmonists handelte, deren Lieder Helmuth so gerne mochte. Deswegen waren sie auch nach langer Zeit wieder einmal gemeinsam ins Kino gegangen. Weil diese Sänger wohl die Leinwand brauchten und auf der Kleinheit selbst des Home Cinemas nicht die notwendige Bühne fänden. Das war typisch Helmuth, er wusste seine Ansprüche durchzusetzen. Viktoria nahm es ihm nicht übel, nur zu gerne wäre sie auch schon soweit. „Irgendwo auf der Welt gibt's ein kleines bisschen Glück und ich träum davon in jedem Augenblick, irgendwo auf der Welt gibt's ein bisschen Seligkeit und ich träum davon schon lange, lange Zeit. Wenn ich wüsst wo das ist, ging ich in die Welt hinein, denn ich möcht einmal recht so von Herzen glücklich sein. Irgendwo auf der Welt fängt mein Weg zum Himmel an, irgendwo irgendwie irgendwann…"

Diese Zeilen rissen sie aus ihrem Traum. War sie undankbar und egoistisch! Ihrem Leben vorzuwerfen, kein bisschen Glück zu erzeugen war schlicht nicht fair. Brav schlich sie ins Bad und schlüpfte kurz darauf in die Sicherheit des Ehebettes. Ihre Müdigkeit löste das Grübeln ab.

DIE VIRTUELLE SEITE DIESER LIEBE

Danijel sucht und findet Viktoria via Suchfunktion im Internet. Vroni sucht den jungen Mann, von dem sie nur den Vornamen und die Studienrichtung kennt, in einem Social Network. Leider erfolglos. Auch dem Musiker vom ersten Konzert konnte sie nur an seine Fanadresse schreiben, die nichts mit seinem Wohnort zu tun hat. Sie verbringt gerne Zeit vor dem Computer und findet oft Menschen, die sie gar nicht gesucht hat. Wozu ist meist nicht klar.

Dr. Helmut Gerlich verabscheut all diese Medien, deswegen auch die Homepage, die nur wenig über die Funktionalität seines Gewerbes hinausgeht. Einen juristischen Blog in einem einschlägigen Forum schreibt sein junger Mitarbeiter. Der Chef liest sich den Blogtext ausgedruckt durch, der in seiner Unterschriftenmappe liegt. Auch mit der neuen Handygeneration oder gar einem Blackberry freundet er sich nicht an. Seinen Spieltrieb lebt er lieber am Golfplatz aus. Seine Sekretärin, die noch nicht zur Assistentin verfremdet wurde, managt seine Termine. Privat hat er Viktoria, sie hat ohnehin alles im Kopf.

Deswegen lebt sie auch mit einem schicken Handy, mit dem sie allerdings nur telefoniert. Seit Ben auch so ein Teil hat, schreibt sie manchmal SMS.

Dieser wiederum wünscht sich eines „zum Wischen" und bekommt es nicht. Vielleicht, wenn der jüngere Bruder sein altes Mobiltelefon erbt. Vielleicht, wenn Viktoria genug schlechtes Gewissen mit sich herumträgt, ihren Beruf über die Zeit mit den Kindern gestellt zu haben. Sich selbst langsam eingestehend, dass ihr die überschäumende Lebendigkeit der Kleinen stets mehr Bedrohung denn Freude gewesen war.

Ihre virtuelle Ausprägung bestand in der Versendung ihrer anwaltlichen Briefe via Email an ihre Klienten. Freilich nur, um dann die Originale via Post den Kontrahenten zuzustellen. Ihr Computer war nicht viel mehr als eine elektronische Schreibmaschine. Der Experte in der Familie war Ben, er beherrschte das Surfen, die Spiele und das Freunde Netzwerk, er wünschte sich keine CDs mehr, sondern Downloadvolumen. Darüber war er sich mit dem Kindermädchen einig. Die Haushälterin war auch über Mail und SMS zu erreichen. Ein Fortschritt für die Organisation des Alltags. Soweit für das Ehepaar Gerlich in Ordnung.

VIKTORIAS UMGEBUNG

Das Büro der Gerlichs lag in einem renommierten Wiener Bezirk, der für die Ballung von Anwaltskanzleien bekannt war. Im zweiten Stock eines heruntergekommen Altbauhauses hatte Helmuth Gerlich damals sein erstes eigenes Büro. Mittlerweile bewohnte die Kanzlei die ganze zweite Etage im vor einigen Jahren revitalisierten Haus. Sie war sozusagen mit dem Haus gewachsen und erstrahlt. Darauf war Helmuth wahrlich stolz. Viktoria kannte den Raum des Anfangs nicht. Sie war erst in sein Leben getreten, als die Gegensprechanlage und der Reichtum Platz gefunden hatten. Helmuth Gerlich war nämlich ein Sohn von Eltern, die zuerst sehen wollten, ob er auch für den gewählten Beruf taugte. Erst dann ließen sie die altbewährten Mittel wieder fließen und vermittelten ihm gleich dazu noch die Haushälterin, die den Buben tatkräftig unterstützte, damit er seine Karriere ausbauen konnte. Einen Teil dieser Philosophie wollte Helmuth auch bei seinen Söhnen durchsetzen. Auch deshalb bekam Ben das heiß begehrte Touchhandy nicht. Viktoria war das ohnehin schon alles zu viel. Sie kam aus gutem, doch nicht sehr betuchtem Hause, war zum Ballett angemeldet worden, um lebenslang gute Haltung zu bewahren. Da war sie dann auch brav hingegangen, anstatt so wie ihre Schwester Vroni vorne bei der Eingangstüre hinein und hinten bei der Türe in den Hof wieder hinaus zu schlüpfen. Vroni hatte es tatsächlich geschafft, den Kurs einer Freundin zu verkaufen! So hatte sie zwei heilige Stunden pro Woche. Viktoria verriet sie nicht, sondern litt still. Ergeben in ihrem Schicksal. Gut, später dann stand sie in der ersten Reihe, wann immer es etwas zum in der ersten Reihe Stehen gab. Sie war die apartere, die elegantere und auch die intelligentere der beiden Schwestern. Sie würde den Sprung in die gute Gesellschaft schaffen. Nicht nur wegen des Ballettunterrichtes, doch auch deswegen. Stilles Leiden war hierfür wohl eine Grundvoraussetzung. Viktoria und Helmuth passten gut zueinander. Die Idee der gleichen Lebensart einte sie. Ihre Jugend allerdings war bei beiden an einem bestimmten Punkt der Wegstrecke liegengeblieben. Schon bevor sie einander überhaupt kennenlernten.

DAS CAFEHAUS

In der gleichen Straße wie die Kanzlei der Gerlichs lag auch das alte Wiener Caféhaus. Zu alt für das Anwaltsehepaar, das lieber ein paar Schritte weiter in die moderne Chillzone des Italieners kam, um festgefahrene Gedanken wieder ins Fließen zu bringen oder eine kurze Mittagspause zu halten. Die Tramezzini und der pechschwarze Espresso schienen beiden klarer und hilfreicher als die Strudel und Polstermöbel des leicht schwülstigen Cafés.

Früher war Helmut oft in den weichen Fauteuils gesessen und hatte hinübergeblickt auf das zu sanierende Haus, in dem er sich seine Kanzlei wünschte. Das hatte er Viktoria noch nicht verraten. Stets war er der strahlende Held in seinen Erzählungen. Vielleicht, um diese wunderbare, junge Frau immer noch zu beeindrucken. Vielleicht hatte er einfach schon vergessen, wie es wirklich gewesen war, damals am Beginn seiner Karriere. Die Gegend wurde auch von Danijels Botendienst oft bedient. Genug Anwälte, Werbeagenturen und Firmen brauchten deren Service. So auch an diesem Dienstag. Danijel bemerkte den Zusammenhang der im Internet recherchierten Adresse und dem Zielort seiner Lieferung nicht. Er war heute für einen Kollegen eingesprungen und hätte längst wieder auf der Uni sein sollen. Das war seine einzige Relevanz. Er beeilte sich. Vor der Tür des Transportunternehmens angekommen, läutete er mehrmals und lang, so wie es auf dem Auftrag vermerkt war. Trotzdem rührte sich nichts. Abermals läutete er Sturm. Wieder nichts. Danijel rief in der Firma an. Zu blöd auch. Gerade heute. Er musste rechtzeitig auf der Uni sein, um den heiß ersehnten Geländeaufenthalt am Himalaya zu fixieren. Wenn er nicht pünktlich kam, bedeutete das sein Nichtinteresse. Der Professor war der alten Schule zuzurechnen, nur per Mail ging da gar nichts. Er wollte den jungen Menschen in die Augen schauen, die mit ihm die Expeditionen wagten.

Von der Zentrale es Botendienstes bekam Danijel die erwartete Antwort. „Setz dich in ein Caféhaus und warte. Wir versuchen, den Kunden zu erreichen, dann melden wir uns bei dir." Na super. Das konnte dauern, in genau zwei Stunden war sein Unitermin. Danijel hatte gelernt, nicht immer vom Schlimmsten auszugehen. Das fiel ihm gerade noch rechtzeitig ein. Das alte Caféhaus an der Ecke war genau das Richtige.

Dort würde er die Argumentation für seine Teilnahme an der Reise vorbereiten. Er ließ sich in einen der weichen Sessel am Fenster fallen. Sein Blick blieb am Straßenschild hängen. Stiftgasse? Das war „ihre Gasse". Danijel verdrehte den Hals, um eine Nummer ausfindig zu machen. Tatsächlich, das war ihre Gasse und das Haus genau gegenüber war „ihr Haus". Zumindest das, in dem sie arbeitete. Sein Herzschlag ging schneller. Er hatte sich das schon überlegt.
Zu sehen, wo sie wohl arbeitete, doch nun ging es ihm fast zu schnell. Die Konzentration für die Vorbereitung war dahin. Er bestellte einen Espresso und starrte hinaus. Blöd, einen Hauseingang zu beobachten und die Fensterreihe im zweiten Stock. Blöd. Plötzlich öffnete sich die Tür und Viktoria kam heraus. Sie hätte nur über die Straße gehen müssen und in das Caféhaus hinein. Doch das tat sie nicht, sie blickte kurz unschlüssig, welche Richtung sie für ihre Pause nehmen wollte und ging dann schnellen Schrittes nach links. Aus seinem Blickfeld hinaus. Danijel rieb sich die Augen. Er war müde und wach zugleich. Der Klingelton riss ihn aus dieser Lethargie. „Ja, gut. Ok, danke." Mehr war nicht zu sagen. Die Lieferung konnte erfolgen. Danijel bezahlte seinen Espresso und verließ das Caféhaus. Sein Blick fiel noch einmal in die Richtung, in die sie entschwunden war, nichts zu sehen. Er ging zum Hauseingang zurück, wurde gehört, lieferte sein Paket ab und radelte zum Botendienst zurück.
Genug für heute und schnell auf die Uni. Rechtzeitig zur Besprechung war er dort. Rechtzeitig holte die Begeisterung für den Geländeaufenthalt ihn wieder ein. Viktoria blieb als schemenhaftes Bild in seinem Kopf. Sein Herz klopfte auch für den Himalaya. Genauer gesagt für dessen junge Granite. Danijel war fast wie zufällig in dieses Studium gerutscht. Nach seiner technischen Ausbildung hätte er auch gleich zu arbeiten beginnen können. Doch während der Zeit beim Heer fand sich die Möglichkeit, einen freien Tag zu ergattern, wenn man denn nur an die Uni ginge und inskribierte.
Danijel tat es einem Freund gleich und nützte die Gelegenheit. Ahnungslos, welches Fach er wohl wählen könnte, entschied er sich aus dem Bauch heraus für die Mineralogie. Sein Onkel besaß statt Schränken Vitrinen und in diesen Vitrinen lagerten Mineralien. Danijel war als

kleiner Bub oft mit offenem Mund vor den Scheiben gestanden und sein Onkel erzählte ihm von ihnen wie aus einem Märchen.

Die Realität holte Danijel jedoch schon nach den ersten Wochen ein. Die Märchen der Kindheit erfüllten sich nicht. Er wollte mehr und genauer wissen, aus welchem Grund die Erde so war wie sie war. Da genügte die Mineralogie nicht. So kam es, dass er sich schließlich am Institut für Geologie wiederfand. Jetzt, kurz vor seinem Abschluss wusste er um die Richtigkeit dieser Entscheidung. Ein warmes, angenehmes Gefühl durchflutete ihn bei diesen Gedanken und kurz, ganz kurz dachte er dabei auch wieder an sie. An Viktoria, die Frau im roten Kleid. Pünktlich erreichte er das Institut. Dieser Abend gehörte der Wissenschaft und Punkt.

DAS CAFEHAUS, die zweite

Danijel würde zum Himalaya fahren, um dort eine Geländearbeit zu machen. Genauer gesagt würde er Leukogranite, eine helle Form des Granits, datieren. Jungen Granit nennen ihn die Geologen, weil er zarte 18 Millionen Jahre alt ist. Die undeformierten Granite im österreichischen Waldviertel sind hingegen bereits ungefähr 320 Millionen alt, was die Bezeichnung „jung" für die indischen rechtfertigt. Einige Wochen blieben noch, um die Reise vorzubereiten, davor lag noch eine Prüfung, die er ohnehin schon viel zu lange hinausgezögert hatte. Es gab viel zu tun und Danijels Unterbewusstsein ließ ihn seine Unterlagen in das Cafehaus schleppen, in dem er Viktorias Büro im Auge behalten konnte. Dort saß er nun stundenlang, wälzte Bücher und Unterlagen und trug diese unbestimmte Hoffnung mit sich herum. Manchmal sah er sie aus dem schweren Haustor kommen, manchmal stellte er sich nur vor, wie sie wohl an ihrem Schreibtisch saß. Er wünschte sich, sie würde einfach zur Türe hereinkommen, an seinem Tisch Platz nehmen und mit ihm reden.

Eines Morgens wagte er sich sogar bis zur Gegensprechanlage, doch schließlich siegte seine fünfundzwanzigjährige Vernunft und er beschloss, wieder zu Hause zu lernen. Er bestellte sich noch einen Espresso und war stolz auf seinen Entschluss. Draußen verfärbte sich der Himmel schwarz, es begann zu donnern. Die kühlere Luft, die Gewitter

ankündigt, strich durch die offene Tür und das Fenster. Dicke Tropfen platschten vereinzelt auf den Gehsteig. So blieb er länger sitzen als geplant. Auf diese halbe Stunde würde es nun auch nicht mehr ankommen. Zuviel Zeit hatte er schon an die Romantik verschenkt. Es donnerte abermals. Viktoria war spät dran. Das Grollen vor ihrem Fenster hörte sie gar nicht. Sie wollte rechtzeitig aus der Kanzlei kommen, um sich für den langersehnten Opernabend hübsch zu machen.
Helmuth vom Opernbesuch zu überzeugen war nämlich gar nicht so einfach gewesen. Schon als Kind schleppten ihn seine Eltern dorthin. Langweilig war ihm und der Gesang war ihm zu mühselig und der Inhalt zu dramatisch erschienen. Nur für Viktorias LA TRAVIATA wollte er eine Ausnahme machen. Zur Sicherheit würden sie zuvor noch beim Italiener essen, der Prosecco konnte ihm dann den Abend erleichtern. Viktoria schnappte ihre Handtasche und lief die Treppen hinunter. Seit der Begegnung mit Danijel auf dem Konzert ging sie wie auf heißen Kohlen, so als ob sie vor etwas davonlaufen wollte. Seine Augen, sein Körper und sein Geruch gingen ihr nicht mehr aus dem Kopf. Deswegen war das Drängen auf den Opernbesuch so stark und die Freude über den reservierten Tisch beim Lieblingsitaliener so überlebenswichtig. Sie musste sich an ihr bisheriges Leben halten, sich sozusagen daran erinnern, in welchem Leben sie steckte. Als sie das Haustor hinter sich zu fallen ließ, wurde das Geräusch von einem dumpfen Donnerschlag übertönt. Die ersten, dicken Tropfen kündigten sich an. „Nein, bitte nicht, bitte noch nicht jetzt." Dachte sie noch. Dann ergoss sich ein Schwall Regen über der Stadt.
Viktoria schaffte es gerade noch in das gegenüberliegende Caféhaus. Das Haustor mit dem Schlüssel zu öffnen hätte länger gedauert. Sie eilte durch die Tür ins Trockene. Da stand sie nun in dem Lokal, um das sie stets einen großen Umweg gemacht hatte. Ein wenig hilflos blickte sie sich nach einem Sitzplatz um, der ihr halbwegs zusagte. Danijel war wieder in seine Blätter vertieft, als der Regenguss über die Stadt brauste. Kurz schaute er auf und seufzte. Sein Blick wanderte durch das Lokal und blieb schließlich an der Tür hängen, durch die einige Menschen ins Caféhaus strömten. Mitten unter ihnen erkannte er sie sofort, Viktoria! Kurz darauf trafen sich ihre Augen.

Viktoria trat einen Schritt zurück. Draußen der Regen und drinnen die Gefahr dieses Mannes, den sie nun zum ersten Mal als solchen identifizierte.

Gross, breitschultrig und mit Dreitagesbart war er von ihrem jungenhaften Bild so weit entfernt, dass sie es sich eingestehen musste. Es war mehr als ein kurzer Blick. Die junge Frau in ihr litt an einer unbestimmten Sehnsucht.

Ganz in diesen Gefühlen gefangen, ließ sie sich von ihm ansprechen und an seinen Tisch bitten. „Einen grünen Tee, bitte." Der Kellner rettete sie nur kurz vor der aufkeimenden Aufregung. Danijel schob seine Unterlagen zur Seite. Gerade noch rechtzeitig konnte Viktoria einen Blick erhaschen. Gut studiert und trainiert benutzte sie das als Krücke. „Himalaya? Du möchtest eine Tour zum Himalaya machen?" Wie selbstverständlich kam das „Du" über ihre Lippen. So, als ob sie immer noch im Bierlokal nach dem Open Air Konzert säßen. So, als ob es die Wochen dazwischen gar nicht gegeben hätte.

Schon seit längerem hatte Helmuth von einer Treckingtour zum Himalaya gesprochen, damit wollte sie jetzt nicht ganz so unbedarft da stehen. „Nun, nicht gerade eine Treckingtour." Danijel lächelte. Ein Glück, dass sie ihn gerade darauf ansprach. Ihm fehlten ohnehin die Worte. Jetzt wo sie so dicht neben ihm saß und keine Schwester danebem, die mit fröhlichem Geplauder die Spannung zerstreute. „Ich mache keine Treckingtour, es wird ein Geländeaufenthalt". „Ein Geländeaufenthalt? Wo ist da der Unterschied?" „Nun, ich studiere Geologie und mache eine Geländearbeit. Das bedeutet, ich fahre hin und datiere Granite." So klar und eindeutig sagte er das und Viktoria verstand nur Bahnhof. „Kannst du mir das genauer erklären?" bat sie ihn. Nach einer Viertelstunde wusste sie in groben Zügen Bescheid über seine Arbeit.

In Wahrheit wusste sie nichts. Seine Augen, seine Hände, seine Zähne. All das hatte sie genau beobachtet während er von der Arbeitsgruppe der Uni, von den notwendigen längeren Aufenthalten und der Schönheit der Steine berichtete. Erst als er davon sprach, zumindest für drei Monate fort zu sein, wurde sie sehr aufmerksam. „Drei Monate?" „Ja, kürzer hat das keinen Wert. Überhaupt, weißt du, für uns Geologen ist der Zeitbegriff immer ein relativer." Dabei schaute er sie lange und durchdringlich an. Würde er sie wiedersehen, wenn er wieder zurück war?

Zurück aus der Weite des Nichts, dem bunten Funkeln der Felswände, der Stille der Gebirge und der Unveränderbarkeit der Tatsachen?

Würde er sie wiedersehen wollen? Diese Frau, deren mädchenhafte Ausstrahlung nicht zu ihrem dunklen Kostüm passte und deren strenge Frisur förmlich danach rief, durcheinandergewirbelt zu werden.

Die Geländearbeit würde in wenigen Wochen starten, je nachdem, wann das Institut die kostengünstigste Variante der Reise buchen konnte. Schnell entschloss er sich, etwas zu fragen: „Und du, was machst du, wenn du nicht gerade in diesem Caféhaus sitzt?" Das „du" ließ sich einfach an, dieser Frau wollte er auf Augenhöhe begegnen. Als Mann.

Viktoria gab brav Antwort. Sie hatte, seinem tiefen Blick nach zu schließen, eine ganz andere Frage erwartet.

„Ich bin Anwältin, hauptsächlich Scheidungen." Jetzt war es an Danijel überrascht zu sein. „Scheidungsanwältin?" Deswegen also auch die Verkleidung, dachte er. „Wie bist du darauf gekommen? Wie um Himmels willen wird eine Frau wie du Scheidungsanwältin?"

Seine Fassungslosigkeit war ihm anzusehen. Viktoria schmunzelte. Das Argument für diese Frage trug sie seit langem mit sich herum und zog es im Bedarfsfalle heraus. Gerade griff sie wieder danach, als ihr dämmerte was Danijel gesagt hatte. „Eine Frau wie du...". Das verhinderte den Standardsatz, Viktorias Stirn legte sich in Falten. In diesem Moment übernahm der Himmel die Regie. Danijel strich mit dem Zeige- und Mittelfinger Viktorias Falten gleich Strichen nach. Dabei lächelte er sie an. Viktoria ergriff die Flucht. „O mein Gott, jetzt habe ich mich verplaudert, ich sollte längst zu Hause sein, wir gehen zum Italiener heute und in die Oper und..." Das „wir" schoss sie heraus wie einen giftigen Pfeil, sie musste weg von hier und weg von diesem Mann.

Danijel zog die Hand zurück und räusperte sich. Während sie umständlich aufstand und ihr Gewand zurechtrückte, beschloss er, es dem Schicksal zu überlassen, ob sich ihre Wege abermals kreuzten. So gut sie ihm gefiel und so groß die Verlockung auch war, gegen ihren Willen lief da nichts. „Scheidungsanwältin" hallte es in ihm nach.

Das Treffen hätte beinahe einen Nachgeschmack bekommen, als Viktoria sich plötzlich umkehrte, ihn auf jede Wange zart küsste, ein „Danke!" hauchte und von dannen war. Jetzt war Danijel gänzlich verwirrt.

Zu überraschend die Aktion und zu unschuldig die Küsse. Er atmete tief durch und versenkte sich wieder in seinen Unterlagen.

DER TAGTRAUM

Der Regen stürzte ununterbrochen auf die Stadt herab. Sie ließ sich schnell in den Autositz fallen, atmete durch und lehnte sich erschöpft zurück. Ihre Füße befreiten sich von den Pumps. Der teure Autoteppich vermittelte Wohlbehagen und die Wärme im Inneren des Wagens ließ sie sich gut aufgehoben fühlen. Ihre Augenlider wurden schwer und schlossen sich in Zeitlupentempo.
Sie fiel in einen leichten Trancezustand. Nahe ihrem Büro, in einer Parklücke, am helllichten Tag, spann sich ein herrlicher Tagtraum.

Sie fühlte seine Berührung, spürte seine wohlgeformten Hände, die sie um die Hüfte fassten und ihre Mitte umfingen. Den wunderbaren Geruch seines Körpers, die unglaublich liebevollen Küsse, von denen sie trinken konnte.
So sicher und vertraut, dem Fluss dieses Gefühls folgen wollend.
Und sie?
Sie wollte sich ergeben, still halten und nehmen, ohne einen Vorwurf zu riskieren. Oder ihre Augen, ihre Hände und ihren Mund auf die Reise über den jungenhaften Körper schicken, der gleichzeitig so viel Männlichkeit ausstrahlte, die sie unwahrscheinlich erregte.
Da war keine übertriebene Erwartung, kein Leistungsdruck oder Attraktivitätszwang. Da waren ihre beiden Körper, die sich im Gleichklang dieser Liebe hingaben und einander ermunterten und salbten.
In einer Dimension, die über Zeit und Raum hinauswuchs und schlicht dem puren Leben diente.

Unsanft riss ein Pochen sie aus dieser herrlichen Phantasie. Der Regen war verstummt, es blinzelte sogar ein wenig die Sonne hervor. Der Polizist, der an die Autoscheibe klopfte, machte ein besorgtes Gesicht. Erst musste sie die Zündung einschalten, dann ließ sich das Fenster öffnen. Die kleinste Bewegung war mühsam und schwer. Endlich drang der Beamte zu ihr durch. „Brauchen Sie etwas? Geht es Ihnen gut? Ist

Ihnen schlecht?" Ein Wortschwall ergoss sich über sie. Sie schüttelte verständnislos den Kopf. Wie kalt und hart die Welt sich plötzlich anfühlte. „Nein, nein, alles in Ordnung, ich war einfach übermüdet. Alles gut, danke!" sprach sie fast wieder in ihrem anwaltlichen Ton. Das provozierte den vermeintlichen Helfer. „Na dann, alles klar, beim nächsten Mal denken Sie trotzdem an die Kurzparkzone, gell? Habe die Ehre!" Salutierend wandte er sich wieder ab. Viktoria seufzte tief. Wieder zurück in der Realität zog sie ihre Schuhe wieder an, zupfte den Rock zurecht und drehte den Zündschlüssel weiter. Der Motor sprang an und sie fuhr los.

Bereits bei der nächsten Ampel fragte sie sich, worüber sie mehr verärgert war, über den Polizisten oder über ihre Nachgiebigkeit. Nie zuvor war sie in so einem Traum versunken, stets hatte sie die Kontrolle behalten. Im Radio ertönten die Nachrichten, sie war spät dran. Helmut würde es verstehen, wenn sie mit dem Wetter argumentierte. Er kannte seine Frau gut und wusste, dass er sich auf sie verlassen konnte. Besser kam sie sicher nach Hause als unvernünftig riskant pünktlich. „Unvernünftig riskant", waren auch die Worte, die ihr durch den Kopf gingen. In einem x-beliebigen Caféhaus einen x-beliebigen Mann zu küssen! Was, wenn ein Klient sie gesehen hatte oder gar jemand, der nichts Besseres zu tun wusste, als sie an Helmuth zu verraten! Fast als ob Vroni neben ihr säße, wies sie sich gerade noch zurecht. Was war denn schon Großartiges vorgefallen. Bedanken hatte sie sich wollen, für was auch immer. Das würde die Begründung sein. Die Anwältin in Viktoria seufzte erleichtert auf.

ES GEHT WEITER

Zu Hause angekommen, erwartete Helmuth sie bereits umgezogen und rasiert in der Küche. Er hatte sich ein Glas Whiskey eingeschenkt und sich in das neueste Buch vertieft, das sie ihm zum Geburtstag extra aus den Vereinigten Staaten hatte kommen lassen. Sein Englisch war exzellent und so ersparte er sich die Pein der deutschen Übersetzung.

„Vicky, gut, dass du da bist. Dieses Unwetter hat wohl alles aufgehalten, oder?" Manchmal erschrak sie darüber, wie berechenbar ihr Leben geworden war. Heute siegte das Gefühl der Sicherheit. „Ja, ich bin sogar im parkenden Auto noch ein Weilchen sitzen geblieben, um nichts zu riskieren. Jetzt muss ich allerdings wirklich flott machen." „Du brauchst doch nur den wunderbaren venezianischen Schal zu nehmen und die schwarzen Lackschuhe anziehen…"

Helmuth kannte sie, wusste, was sie mochte, hatte den guten Griff für Ihre Kleidung. Meistens liebte sie ihn dafür: Heute fühlte sie sich fast schuldig, als sie im gleichen Gewand wenig später neben ihm im großen Auto die Einfahrt verließ, in dem sie noch vor kurzem im Caféhaus mit Danijel geredet hatte.

Schon beim Italiener waren diese Gedanken verschwunden. Nur Danijels Worte hallten in ihr nach „Eine Frau wie du…". Welche Frau war sie denn genau? Unaufmerksam und unkonzentriert verlief die Unterhaltung. Zum Glück trug die gelungene Opernaufführung sie mit Schmerz und Tränen durch diesen Abend.

Als sie wieder daheim ankamen, half ihr Helmuth aus ihrem Mantel und bot ihr einen Drink an. Viktoria wollte am liebsten nur noch ins Bett, doch die moralische Pflicht, ihm jetzt Gesellschaft zu leisten und sogar Rede und Antwort zu stehen, ließ sie bejahen. Als sie sich zuprosteten, schob sich das Bild von Danijel zwischen sie beide. Viktoria stieß auf das an, was neu in ihr erwachte. So etwas Ähnliches sagte sie dann auch zu ihrem Mann, „Weißt du, Helmuth, ich bin 45, ich denke gerade viel über mein Leben nach, nein besser gesagt, über mich selbst." Helmuth nickte weise. Wie so oft. Er würde damit umgehen können, dass sie jetzt vielleicht Shoppingtrips oder Wellness-Wochenenden konsumieren wollte. Auch damit, wenn sie eine Gesprächstherapie anfinge oder einer afrikanischen Frauentanzgruppe beitrat. Dies alles und noch viel mehr kannte er von seinen ebenfalls Golf spielenden Kollegen, die ihm stets begeistert berichteten, wie viel Zeit für ihr Hobby blieb, seit die Ehefrau sich auf dem Selbsterfahrungstrip befand. Mehr der Form halber und wiederum seiner guten Erziehung wegen fragte er nach "Vicky, was meinst du damit genau? Ich meine, kann ich dich dabei irgendwie unterstützen?" Zum Glück kam die erhoffte Antwort: "Nein, Helmuth, das ist wohl ein Weg für mich allein. Wenn du vielleicht ab und zu die Buben schnappst und Männerzeiten mit ihnen verbringst, reicht das schon." Helmuth tat dies ohnehin, wenn auch in unregelmäßigeren Abständen. Sich auf das letzte Wochenende im Monat als „Männerwochenende" festzulegen, fiel ihm leicht. Der nächste aktuelle Termin bestimmte diese Regel. Es war das Wochenende des burgenländischen Kongresses, für den Viktoria bereits angemeldet war. Sie ließ das als Alleinzeit gelten, indem sie sich den ganzen Sonntag bis zum späten Abend dazu nahm. Beide trugen das in ihre Kalender ein. Sozusagen ehern jetzt.

Danijel spürte Viktorias Küsse immer noch leicht auf seinen Wangen. Irgendwann an diesem Abend ließ er die Unterlagen sein und nahm ein Bier aus dem Eiskasten. Kurz darauf stellte er es wieder zurück und drehte die Dusche auf. Er musste klar werden im Kopf, was diese Frau betraf. Die Begegnung mit ihr sprengte den bisherigen Rahmen seiner Erfahrung und war wider die gesellschaftliche Norm. Das Wasser prasselte seinen Körper hinunter. In der Duschkabine dampfte es und Danijel schloss die Augen. Die Hitze des Wassers übertrug sich auf seine Phantasie. Er fühlte Viktoria förmlich neben sich. Ihre zarten Brüste und ihre geschmeidigen Hüften, wie er sie sich ausmalte.

Dieses Bild glich nur sehr ungefähr dem Spiegelbild Viktorias in der Umkleidekabine. Sie hätte wohl verlegen gelächelt, ahnte sie etwas von dieser Vorstellung. Für Danijel war ihr Körper perfekt und ihr Geruch verlockend, seine Sinne fühlten sich zu ihr hingezogen, sein Verstand ergab sich dem Augenblick. Wenig später nahm er das Bier abermals aus dem Kühlschrank, öffnete es mit dem originellen PinUp Bieröffner, den ihm Studienkollegen geschenkt hatten, legte den Öffner fast schuldbewusst schnell wieder in die Lade und prostete Viktoria zu. Sie sollte in sein Leben kommen, noch ein ziemliches Stück weiter als bisher. Er würde sie willkommen heißen und den PinUp Öffner in der

Versenkung lassen. Sie machte ihn größer, umsichtiger und tiefsinniger, obwohl sie gar nicht bei ihm war. So erregt und angespannt wie er sich jetzt fühlte, dauerte es lange, bis der Schlaf ihn erlöste.

Der nächste Morgen brachte den neuen Tag. Danijel blickte aus dem Fenster seiner kleinen Wohnung im dritten Stock. Jedes Mal streiften seine Augen den Fabrikschornstein der mittlerweile stillgelegten Fabrik. Als er noch ein Kind gewesen war, hatte er stets gedacht, die Wolken würden von den Fabrikschornsteinen gemacht werden. Natürlich nicht nur von dem einen, der in der Nähe seines Elternhauses stand und der demjenigen in seiner jetzigen Wohngegend ähnelte, sondern von allen Fabriken dieser Welt. So als wären die Schlote nur gebaut, um weiße, weiche Wolken zu erzeugen, zu denen er in stillen Minuten hinaufblicken und sich in sie hinein wünschen konnte.

Seltsam, dass ihm genau das heute in den Sinn kam. Noch nie hatte er jemanden davon erzählt, Viktoria würde er davon berichten. Sie war sein erster Gedanke und er seufzte. Das Allerletzte, was er in diesen Zeiten brauchen konnte, war Liebeskummer, er war so und so schon viel zu weit hinten mit seinem Studium. Dachte es und schaute in die Wolken. Die romantischen Gefühle übernahmen das Kommando. Beim Rasieren schaute sich Danijel länger als sonst in den Spiegel. Würde sie ihn einfach auslachen, wenn er sie um ein Treffen bat? Er wollte Viktoria wiedersehen und er wollte herausfinden, was ihn an ihr so faszinierte. Hinter der kontrollierten und disziplinierten Fassade vermutete er die leidenschaftliche und jugendliche Frau. So eine, wie er sie sich wünschte und wie es sie bisher in seiner Alterskategorie scheinbar nicht gab. Im Radio ertönte das Tageshoroskop. Danijel war Jungfrau, meistens hörte er darüber hinweg. „Sie sollten heute eine wichtige Entscheidung treffen. Zuwarten ist sinnlos. 80 %."

Das sollte der für den Tag relevante Energiepegel sein. Danijel drehte seinen Kopf in die eine und dann in die andere Richtung und schaute sich selbst über die Schulter. Es lag eine Stimmung in der kleinen Wohnung, als ob noch jemand da wäre. Jemand, der ihn ermutigte, Viktoria einfach anzurufen. Er drehte den Laptop auf und suchte ihre Homepage. Da stand sie dick und fett, die Telefonnummer, die er flugs in sein Handy einspeicherte. Seine Hände zitterten leicht, die erste Hürde war geschafft. Der Blick auf die Uhr ließ keine weiteren Gedanken an Viktoria mehr zu. Er war viel zu spät dran und der Bus in die Uni zeichnete sich durch seine zuverlässige Unpünktlichkeit aus. Leider reichte sein Geld noch nicht für einen eigenen fahrbaren Untersatz.

Seine Mutter wollte ihm ihr kleines, altes Auto schenken, doch Danijel träumte von einem vierzylindrigen Motorrad. In einer kleinen Blechkiste eingezwängt durch die Straßen zu zuckeln, das war ihm nicht unmittelbar genug.

Unmittelbar, ein wichtiges Vokabel in seinem Leben. Jedes Mal im Gelände, jedes Mal, wenn er einen seiner Steine in den Händen hielt, jedes Mal, wenn er auf einen der Berge kletterte, zu dem er zuvor stundenlang unterwegs gewesen war, verdiente das die Bezeichnung unmittelbar. So wollte er auch seine Liebe leben. Fern von der üblichen Oberflächlichkeit und Konserve, die ihn schmerzlich umgab. Viktoria fiel das Aufstehen an diesem Tag erstaunlich schwer. Der Wecker meldete den allgemeinen Aufbruch und sie drehte sich nochmals zur Seite. „Vicky", sie vernahm Helmuths Stimme wie durch einen Tunnel.

„Vicky, wir müssen aufstehen." Liebevoll und freundlich sagte Helmuth das und strich ihr dabei leicht über die Haare. Viktoria zuckte zusammen. Gerade eben war sie noch in ihrer Traumwelt gewesen. Sie hatte Danijels Berührung auf ihrer Stirne gespürt und seinen Geruch in ihrer Nase. Dafür konnte Helmuth nichts, seine Handbewegung fühlte sich dagegen kühl und unverbindlich an. Schnell schalt sich Viktoria selbst „Das sind die Jahre, die Vertrautheit, sei doch froh, dass er dich so liebevoll behandelt." Diese Rüge machte sie hellwach. Der Zauber der Nacht war dahin. Sie stieg aus dem Bett, schlüpfte in die feinen Sommerpantoffel und ging ins Bad. Ihr Gesicht im Spiegel betrachtete sie länger als sonst. Das kalte Wasser, mit dem sie sich morgendlich als erstes in die Realität bugsierte, änderte nichts an den Falten, die sich auf der Stirn, rund um die Augen und überhaupt überall vordrängelten. Verdammt noch mal, wo waren die Jahre denn hingekommen? Gerade noch jung und glatt und jetzt das.

Die letzten Jahre schien sie unbemerkt gealtert zu sein. Jetzt schien es ihr wie mit einem Schlag. Wieder war es Helmuth, der sie zurück auf die Erde holte.

„Vicky, ich kriege Ben nicht wach. Kannst du bitte…" Sie konnte und alles andere an diesem Morgen auch. So wie an jedem anderen Tag. So wie immer.

Endlich landete sie im Schreibtischsessel im Büro. Das war der Startschuss für die abwechslungsreichere Phase des Tages. Ihre Assistentin brachte frischen Kaffee und erzählte den neuesten Bürotratsch. Ganz beiläufig fragte sie nach der grellrosa Tragetasche, die ihre Chefin vor kurzem an ihr vorbeigetragen hatte. Viktoria hörte zu und lächelte. Beinahe hätte sie die beiden Sommerkleider im Büroschrank vergessen. „Die ist witzig, finde ich auch. Allerdings werde ich sie kaum verwenden, möchten Sie sie vielleicht haben?" Die Assistentin strahlte. Die dazugehörige Boutique lag über ihrem Gehaltsniveau und das Tragen der Tasche würde jeglichen Inhalt aufwerten. Bevor sie antworten konnte, setzte Viktoria nach. „Ich lege sie später raus, ich habe die Sachen noch gar nicht ausgepackt. Danke, dass Sie mich daran erinnert haben!" Erinnert an die Tragetasche, erinnert an die Sommerkleider, erinnert an Danijel. Der Dank kam von Herzen. „Fein, ich freu mich!" flötete die Assistentin und schwebte hinaus. Wie schön konnten manche Tage beginnen.

Vielleicht würde die Chefin fröhlicher werden, wenn sie die coolen Kleider aus dieser Boutique trug. Auf jeden Fall wurde sie dadurch schicker. Ein Gewinn auch für die Assistentin, die ihre tägliche Garderobe vorsichtig wählte, um den Seriositätsgrad der Chefin nicht zu untergraben. Manchmal war das anstrengend und langweilig zugleich. Im Vorzimmer läutete das Telefon. „Dr. Viktoria Gerlich, persönlich? Jetzt gleich?" Es war nur ihrer guten Laune zuzuschreiben, dass sie das Gespräch tatsächlich direkt durchstellte. Der junge Mann am anderen Ende klang sympathisch. Also warum auch nicht. Hatte der Tag schon so gut begonnen, sollten auch andere davon profitieren.

„Dr. Gerlich, guten Tag", Viktorias Stimme klang kühl und geschäftsmäßig. Danijel zauderte kurz. „Haalloo". Sie war es gewohnt, dass manche ihrer Klienten anfangs zögerten, mit ihrem Anliegen heraus zu rücken. „Guten Morgen, Viktoria, hier spricht Danijel." Jetzt war es draußen. Viktoria schluckte. Was zum Henker dachte sich ihre Assistentin eigentlich, wildfremde Anrufer ohne Nennung ihres Anliegens durchzustellen. „Danijel, wie kommst du dazu, hier anzurufen, ich meine, was hast du meiner Assistentin gesagt?" Fast schulmeisterlich klang es und Danijel zuckte innerlich zusammen. Trotzdem antwortete er brav. „Ich habe gesagt, es wäre persönlich und ich könnte es dir nur direkt sagen." Wie oft hatten sie in der Kanzlei diesen Fall trainiert und von einer Assistentin zur anderen verbunden. Es ging nicht an, jeden direkt mit den Anwälten zu verbinden. Wenn sich das herumspräche, könnten sie die Assistenzen gleich kündigen und alles selbst machen. Hin- und hergerissen zwischen ihrem funktionalen Zorn und der inneren Freude, ihn am Hörer zu haben, vergingen Sekunden. Fast wollte Danijel auflegen oder „tut mir leid und schönen Tag noch" sagen oder so etwas in der Art. Doch dann setzte er noch einmal an: „Ich möchte dich wiedersehen, seit gestern Abend denke ich an nichts anderes. Wann hast du Zeit?" Das war dreist. Viktoria schluckte kurz, das ging alles zu schnell. „Danijel, du kannst in mein Büro kommen, heute am späteren Abend, so gegen 19 Uhr. Dann reden wir weiter. Jetzt ist wirklich der falsche Zeitpunkt!". Wieder wies sie ihn zurecht und sich selbst gleich mit dazu. „Gut, dann bis heute Abend." Mehr brachte Danijel nicht mehr über die Lippen und legte auf. Ganz seltsam war ihm nach diesem Gespräch. Es war wohl nur seinem Sternzeichen zu verdanken, dass er den Termin gewissenhaft vermerkte und wohl auch einhalten würde. Viktoria atmete durch und ging zur Tagesordnung über. Darin war sie geübt.

DAS ERSTE RENDEZVOUS

Viktoria schlüpfte aus den Schuhen. Sie war viel zu spät zurück ins Büro gekommen. Lange hatte sie gezögert und geschwankt. Danijel in ihr Büro zu bestellen konnte leichtsinnig sein, doch andererseits würde sich für dieses Treffen eine schnelle Ausrede finden lassen. Ein neuer Klient, der dringend ihre Hilfe brauchte oder so, Helmuth würde vielleicht nachfragen. Schließlich handelte es sich bei den Scheidungsverhandlungen selten um derart dringliche Anfragen. Im Gegenteil, meist bedurfte ihre Arbeit der gründlichen Abwägung aller Tatsachen. Egal, irgendwann beschloss sie zu gehen. Er war im Golfclub und die Jungs glücklich, dass die Mutter scheinbar doch auch ein Privatleben vorzuweisen hatte. So interpretierten sie diesen abendlichen Termin zumindest. Viktoria und Helmuth erzählten aus pädagogischen Gründen nicht allzu viele Details aus ihrer Arbeit und gleichbedeutend auch nicht über ihre erwachsenen Abende. Wenn sie gehen mussten, reichte ein "Ich habe einen Termin oder ich muss noch ins Büro. Oder gar "wir müssen jetzt, wir treffen die...und wir gehen zum...!"
Heute ging sie mit einem "Ich fahre noch in die Stadt und im Büro habe ich etwas vergessen, das muss ich holen." Das Wort muss war zum Freischaltcode für Abwesenheiten geworden. Ben musste zu seinem Freund, die Matheaufgaben lösen oder was auch immer, Clemens musste eine halbe Stunde früher zum Sport, weil der Trainer ihn gebeten hatte, sich vor dem Training auf dem Platz auszutoben und die beiden Alten mussten eben wo auch immer irgendwo hin.
Der Boden im Büro fühlte sich kühl an. Komisch, das war ihr noch nie aufgefallen. Da bemerkte sie erst, dass sie mit nackten Füssen da stand und nicht ihre Büropumps trug. Wo sie doch heute extra die jugendlicheren Schuhe angezogen hatte, die nun fröhlich neben der Eingangstüre kugelten. Viktoria drehte nur in zwei Räumen das Licht auf, unpersönlich waren diese Leuchtröhren irgendwie. Sie ging zu ihrem Schreibtisch und knipste stattdessen die elegante Schreibtischlampe an. Besser so. Wenn auch ein wenig schummrig.
Schon dieser Gedanke trieb ihr eine zarte Röte ins Gesicht. Was hatte sie vor? Sie rettete sich in die kleine Teeküche, füllte den Wasserkocher wie in Trance und drehte ihn auf. Ein Kräutertee beim ersten Rendez-

vous? Es ist kein Rendezvous, ich treffe mich mit ihm. Deswegen auch der Tee. Wenigstens griff sie jetzt zur Wildkirsche. Beiläufig fiel ihr Blick auf die Küchenuhr. Er sollte schon da sein. Hatte sie vielleicht die Glocke überhört? Dieser verfluchte Wasserkocher machte zu viel Lärm, sie würde morgen gleich die Sekretärin bitten, einen anderen zu besorgen. Sie drückte auf Verdacht den Türöffner im Vorzimmer und lauschte. Nichts. Gut, wahrscheinlich eine Verzögerung, das kann schon mal vorkommen. Wenigstens blieb ihr Zeit, die schicken Schuhe wieder anzuziehen und den Tee aufzubrühen. Der Wildkirschenduft stieg ihr in die Nase. Wie hatte Danijel so schön gesagt: "In meinem Studium ist der Zeitbegriff ein relativer. Und ich kann manchmal nicht genau sagen, wann ich aus dem Gelände wieder zurück bin."

Eine halbe Stunde später kam Viktoria sich schon ein wenig blöd dabei vor, bei einer vollen Kanne Tee auf einen Mann zu warten, von dem sie außer seiner Studienrichtung nicht viel wusste. Gut, der Tee würde auch kalt schmecken, doch was, wenn er sich nur einen Spaß erlaubt hatte? Trotzig drehte sie den PC auf. Ihr "Monster" wie es die Kollegen nannten. Sie liebte die große Kiste mit der bombensicheren Tastatur und dem Monitor, der sie noch lange vor dem Tragen einer Brille bewahren würde. Der Computer war sowas wie ein Freund geworden. Kaum nahm sie bei ihm Platz, fühlte sie sich sicher und

geborgen. Fast klappte das auch an diesem Abend, der freundliche Bildschirmhintergrund mit der großen gelben Löwenzahnblüte auf der grasgrünen Wiese beruhigte sie. Und die Akte vom heutigen Vormittag harrte ohnehin einer weiteren Begutachtung, ergo würde sie diesen Abend schon nützen!

Wieder siegte der Trotz über die Verletzung. Das war wohl bei Viktoria schon als Kind so gewesen. Eine Stunde war nun schon vergangen und der Tee kühlte ab. Viktoria hatte sich längst davon eingeschenkt und nippte zwischendurch an der lebensspendenden Flüssigkeit. Die Uhrzeit am rechten unteren Bildschirmrand rief sich mahnend in Erinnerung. Verdammt noch mal!

Sie wurde nicht müde, ihren Kindern den Wert der Pünktlichkeit einzuprägen. Und dass man sich wenigstens meldet, wenn...Mit einem Schlag verlor sie die letzte Lust zu arbeiten und drehte den Computer ab.

Die Schuhe lagen längst unter dem Schreibtisch, barfuss ging sie in den Waschraum. Die Kälte der Fliesen kroch ihr durch den ganzen Körper. Wie hatte sie nur tatsächlich glauben können, dass ein Mann seines Alters... Was heißt ein Mann, er könnte beinahe ihr Sohn sein, auf die Idee käme, sich mit ihr zu verabreden. Aus dem Spiegel blickten ihr zwei große traurige Augen entgegen. Worin hatte sie sich da verrannt? Mit hängendem Kopf trabte sie zum Schreibtisch zurück. Noch eine letzte Tasse Tee, dann würde sie zurück nach Hause fahren und diesen Traum begraben. Begraben, obwohl sie ihm noch nicht einmal einen Namen gegeben hatte.

Das Handy läutete und Viktorias Herz machte einen Luftsprung. Gleich danach musste sie sich setzen. Am Telefon, das war Ben, er wollte wissen, wann sie wohl wieder heimkäme. Es gäbe da nämlich noch eine Mathehausübung, die wohl nur sie oder der Papa lösen konnte und beim Papa war nur die Mobilbox dran. Klar, Helmuth hasste Störungen dieser Art und lebte wie gesagt in der Vor-Handy-Ära, deswegen schaltete er aus. Viktoria ließ ihr Telefon an, das wusste er und das musste genügen. "Ben, es wird nicht allzu spät werden", ein Hauch von Hoffnung lag immer noch in der Luft, "Du bist ohnehin bis zehn wach, das geht sich aus." Seufzend lehnte Viktoria sich in den großen Sessel. Erst jetzt bemerkte sie das Insert auf dem Handydisplay. 3 Kurzmitteilungen erhalten.

Der leise Piepton, den sie für diesen Zweck eingestellt hatte, war wohl entweder dem Wasserkocher oder dem Brummen des PC zum Opfer gefallen. Die Nummer des Mitteilungssenders kannte sie nicht. Als sie anhob, die Mitteilungen zu lesen, läutete es an der Tür. Barfuß und ohne vorherigen kontrollierenden Blick in den Spiegel lief sie hin und drückte den Taster. "Ja?" "Ich bin´s, kann ich raufkommen?" "Ja. Sicher." Viktoria schlüpfte wieder in die Schuhe und zupfte ihre Kleidung zu Recht.

Anschließend öffnete sie vorsichtig die Tür. Danijel nahm die Treppe. Jeder seiner Schritte klang kraftvoll und jung. Ihr Herzschlag beschleunigte sich.

Nochmals, als er schließlich vor ihr stand.„Servus", sagte er und streckte ihr seine Hand entgegen. „Servus", erwiderte sie und erwiderte seinen Händedruck. Danijels Hände waren warm und weich, dennoch steckte in dieser Berührung viel Entschlossenheit. Die beruhigte Viktoria. „Komm herein, möchtest du Tee?" Sie machte das so wie mit ihren Klienten, die Anrede mit dem Du-Wort ausgenommen. Danijel ging hinter ihr zur großen Sitzgruppe neben der Teeküche. Sie konnte ihn im Rücken spüren, das machte ihre Aufregung nicht gerade geringer. „Setz dich, bitte." Viktoria drehte sich fast abrupt um und die Einladung klang wie ein Befehl. Danijel schmunzelte. In der Welt, aus der er kam, wurden Besucher herzlich umarmt und der Rest fand sich.

Bis dahin schien es noch ein weiter Weg zu sein. Folgsam nahm er Platz. „Ein wohlerzogener junger Mann" dachte Viktoria. Sie war nicht ganz sicher, ob er nicht besser der Reiter in schwarzer Rüstung hätte sein sollen, der sie einfach überwältigte. Schnell schalt sie sich selbst und trug das Tablett mit den Teegläsern zum Couchtisch. „Ich habe das Wasser frisch aufgesetzt, ein Weilchen wird es dauern." Jetzt folgte die Kunstpause, in der er sich für seine Verspätung entschuldigen konnte, dachte sie.

Danijel entschuldigte sich nicht. Er wartete bis Viktoria sich auch setzte, blickte sie direkt an und fragte: „Viktoria, wie geht es dir?"

Seine Augen waren dunkelbraun, fast schwarz. Sie blieben auf sie gerichtet, bis sie sich zu einer Antwort durchrang. Sie spürte, dass die Frage ernst gemeint war, Danijel sich tatsächlich nach ihrem Befinden erkundigte. „Mir geht es – gut, danke. Wie geht es dir?" „Danke, mir geht es auch gut." Jetzt veränderte sich sein Ausdruck, er entspannte sich. „Ich habe dir etwas mitgebracht."

Immer noch wartete die Anwältin in Viktoria auf ein Wort der Erklärung für sein spätes Erscheinen. Stattdessen zog Danijel einen Gesteinsbrocken aus seiner Hosentasche. Ein kleiner, grauer, unscheinbarer Stein. Er hielt ihn kurz in der linken Hand. Dann legte er ihn auf die ausgestreckte rechte Hand und präsentierte ihn Viktoria. Es war ein langer Tag gewesen. Was um Himmels willen sollte sie mit einem Stein anfangen? Das Pfeifen des Teekessels rettete sie. „Gleich", beschwichtigte sie Danijel, stand auf und holte den Tee. Als sie sich wieder setzte, saß er noch genauso da wie zuvor. „Das ist ein junger Granit, ich habe ihn extra für dich mitgebracht. Das ist so einer der Steine, wessentwegen ich zum Himalaya fahren werde. Schau ihn dir doch an. „Granit entsteht, wenn Magma, also Gesteinsschmelze, unterhalb der Erdoberfläche erstarrt." Viktoria nahm den Stein in ihre Hand und schaute Danijel fragend an. „In der Regel bildet sich Granit[1] aus aufgeschmolzenem Krustenmaterial, in mehr als 2 Kilometern Tiefe. Die Erdkruste kann von unten aufschmelzen, wenn es beispielsweise unter Gebirgen zu erhöhter Wärmezufuhr aus dem Erdmantel und durch Verschiebungen oder Hebungen der Kruste zu einer Druckentlastung kommt. Geringerer Druck hat einen niedrigeren Schmelzpunkt zur Folge – das Krustengestein schmilzt zu Magma. Erstarrt dieses dann wieder, bildet sich Granit. Wird dann das Gebirge durch Erosion abgetragen, tritt der Granit an die Oberfläche und ist nun selbst der Erosion ausgesetzt." Noch immer wusste sie nicht viel mit diesen Informationen anzufangen.

„Untersuchungen deuten im weiteren auch darauf hin, dass die metamorphen Gesteine der Greater Himalayan Sequence aus viel größerer Tiefe exhumiert wurden, als bisher angenommen wurde, und dass die Bildung der vielen geologisch jungen Himalaya-Granite (14-24 Millionen Jahre) mit der duktilen Extrusion kausal verbunden war." „Duktile Extrusion?"

Schlagartig wurde Viktoria bewusst, dass sie bislang nur in ihrer juristischen Fachwelt gelebt hatte. Und den Rest ihrer Zeit mit den normalen Familienangelegenheit ausgefüllt hatte. Für duktile Extrusionen war da kein Plätzchen frei geblieben.

Er bemerkte die Fragezeichen, die bereits den Raum füllten. „Verstehst du, Viktoria, die Frage, wie diese Gesteine in geologisch gesehen kurzer Zeit an die Oberfläche gelangen konnten, beschäftigt heute die Forschung intensiv, und der Himalaya als sehr junges Gebirge ist wohl eines der besten Studienobjekte. Allgemein gilt, dass tief versenkte Gesteinseinheiten durch Freilegung entlang von bestimmten Abschiebungsflächen an die Oberfläche gelangen können. Die geologische Situation in Bhutan gibt nun klare Hinweise dafür, dass auch duktiles Fließen ganzer Krustenpakete, die sogenannte duktile tektonische Extrusion, ein wichtiger Faktor der Freilegung sein kann."

„Die Erde bewegt sich. Unser Planet verändert sich. Und wir Geologen sind live dabei!" Seine Augen strahlten bei diesen Worten. Langsam begann Viktoria zu verstehen, mit wem sie es hier zu tun hatte. Er war genauso tief mit seinem Beruf verbunden wie sie. „Danijel, das war beeindruckend, ich danke dir." Ihre Hand hielt den Gesteinsbrocken umschlossen und ihr Verstand suchte krampfhaft nach Worten." „Ich meine, das verändert doch die Sicht auf die Welt, oder? Es relativiert die Wertigkeiten gewaltig. Vieles ist mir, seit ich dieses Studium mache, ganz anders wertvoll geworden." Wieder waren seine Augen fast schwarz und er schaute sie direkt an. Viktoria rutschte auf dem Sessel hin und her. Die Leidenschaft, mit der er sprach, zog sie an. „Wenngleich…" Danijel fasste Mut. Nachdem er seine Feuerrede über die Geologie gehalten hatte, fühlte er sich kräftig genug, zum Kern seines Besuches vorzudringen. „Wenngleich ich nicht deswegen hergekommen bin, natürlich nicht."

Er kam nicht dazu, das zu sagen. Viktoria unterbrach ihn. Der Satz mit der Weltenbewegung war in ihrem Kopf angekommen und hatte so einiges an Assoziationen ausgelöst. Sie sprudelte los, erzählte aus ihrer Kindheit, was sie dazu bewogen hatte, Juristin zu werden, welche Rolle ihr Vater dabei spielte und vieles mehr.

Danijel hörte zu. Er beobachtete jedes kleine Detail, wie sie sich beim Wort „Vater" verlegen mit der rechten Hand die Haare hinter das Ohr strich. Wie sie jedes Mal, bevor sie das Wort Juristin oder Jura in den Mund nahm, fast ehrfürchtig eine Pause machte und wie sie nachdenklich ihre Stirn in Falten legte, wenn die Rede in die Nähe ihrer jetzigen Arbeit kam. Das erinnerte Danijel an die Frage, die schon einmal unbeantwortet geblieben war. „Und, wieso bist ausgerechnet du Scheidungsanwältin geworden?" Im Büro war es warm und das Licht der Schreibtischlampe war schummrig genug, um ein Stück Wohnzimmeratmosphäre spüren zu lassen. Die letzten beiden Stunden waren wie im Flug vergangen. Bei Danijels Frage schaute Viktoria auf die Uhr. „Ach herrje, schon so spät!" Wieder war ihnen die Zeit davongelaufen.

Beim letzten Mal war sie einfach aufgestanden und gegangen.

So einfach lief das heute nicht. Erstens saß Danijel bei ihr im Büro und zweitens wollte sie lieber bleiben denn gehen. „Das erzähle ich dir dann beim nächsten Mal." Antwortete sie nun verspätet auf seine Frage. Und setzte gleich hinzu: „Vorausgesetzt, es gibt ein nächstes Mal." Danijel fühlte sich nicht wohl in dieser Rolle. Es war nicht klar, ob er sie nun überzeugen sollte oder sie sich selbst. Oder ob es gar ein Angebot an ihn war. Nach einer kurzen Pause und einem tiefen Atemzug sprang er über seinen Schatten. „Ich fühle mich sehr wohl in deiner Gegenwart, ich freue mich auf ein Wiedersehen." Sagte er und betonte das Ich auf ganz eigenartige Weise. Sogar ein wenig trotzig hörte es sich an. „Entschuldige bitte, ich führe oft solche Selbstgespräche, die andere irritieren. Im Job hat sich das sogar als hilfreich erwiesen. Jetzt war das dumm von mir. Ich möchte dich auch wiedersehen." Jetzt war es raus und keiner der beiden wusste, wie weiter. Viktorias Zeitdruck unterstützte das Anliegen. „Ich muss jetzt wirklich los, meine Termine sind auch ziemlich gedrängt, rufst du mich wieder an?" Dabei ging sie zum Schreibtisch und brachte ihm ihre Visitenkarte. „Am Handy, bitte ruf mich am Handy an und nur untertags, gut?" Sie löschte die Schreibtischlampe und nickte ihm zu, er möge doch endlich aufstehen. Das Geschirr blieb für die Reinigungsfrau stehen. Oft kamen noch abendlich Klienten, nichts daran war auffällig. Danijel gehorchte dem stummen Befehl. Er stand auf und ging mit Viktoria zur Tür.

„Geh du zuerst, bitte." Damit eröffnete sie den geheimen Raum, in dem sich die beiden nunmehr begegnen würden. „Ja, klar." Antwortete Danijel. Er nahm ihre Hand und zog sie ein Stück an sich. Dann küsste er ihre Wangen und hielt die Hand noch einen Augenblick länger fest als üblich. Damit bestätigte er den Bund, den sie geschlossen hatten. Anschließend wandte er sich zum Gehen und rannte die Stiegen hinunter. Erst als das Haustor zuschlug, atmete Viktoria wieder ruhiger. Sie sperrte die Kanzlei zu und machte sich auf den Weg nach Hause. Duktive Extrusion und Danijel waren die Worte, die in ihr nachklangen.

HELMUTHS WELT

Während in Viktoria derart neues Leben erwachte, verbrachte Dr. Helmuth Gerlich seine Zeit mit einem aufwändigen Fall. Im Grunde war er das nicht, aufwändig, denn es handelte sich um eine ganz normale Scheidung, wie Helmuth sie schon zu viele abgehandelt hatte. Doch die Gesetzeslage und Helmuths menschliches Gerechtigkeitsempfinden wurden dabei auf eine harte Probe gestellt. Der Ehemann, selbst Jurist, wenn auch in der Wirtschaft tätig. Die Ehefrau medizinisch-technische Assistentin, die seit der Geburt der beiden Töchter nicht mehr selbst versichert gearbeitet hatte. Nunmehr waren die Mädchen 10 und 13 Jahre geworden. Verliebt hatte er sich, der Ehemann.

Jener, der stets auf seinen Freiraum, sein zeitintensives Hobby und seine Art zu leben geachtet hatte, war von einer Frau aus seinem Bridgeclub verführt worden. Verführt zu mehr Alkohol als seine Ehefrau mit ihm trank, verführt zu vielen externen Abendterminen, die mit dem Familienleben lange nicht zu vereinbaren gewesen waren, verführt zu herrlichen Stunden zu zweit, bei denen sie die Welt vergaßen. Ein Jahr lang ging das so, bis sie durch einen dummen Zufall entdeckt wurden.

Beim Lesen der Akte schüttelte Helmuth den Kopf. Fremdgehen mit einer vom Hobbyklub? Er stellte sich lebhaft einige der Damen aus seinem Golfclub vor und schmunzelte. Klar, es gab sie. Die Hyänen, die sich mit großen Augen neben ihn stellten und seinen Schlag bewunderten. Ihre Blicke waren eindeutig. „Ich will dein Geld, deinen Status, dein Leben."

Er wusste gut, weswegen er so lange gewartet hatte zu heiraten. So waren ihm die Nymphen gewogen geblieben und nur er wusste, er würde sie nicht zur Frau nehmen. Einige nette Stunden und gut. So erwarb er sich den Ruf des Unverbesserlichen, der ganz schlecht als Lebensversicherung taugte. Als er dann vor den Traualtar trat, war das nur noch das Ende vom Lied. Dieser Mann eignete sich nicht zur Weihnachtsgans. Weiter im Text las er von der großen Liebe, die zwischen dem Ehemann und der Hobbyfrau entflammt wäre, sozusagen schicksalshaft. Wozu stand das überhaupt in dem Text? Es legte sich ein kitschiger Schleier über den Schreibtisch, der Helmuth kurz zu einem philosophischen Monolog anstiftete. Die Liebe? Benedikt und Clemens liebte er von ganzem Herzen. Nur der Gedanke an die beiden reichte, es wurde ihm warm ums Herz. Viktoria liebte er auch. Ganz anders zwar, doch auch auf diese absichtslose Art und Weise. Als sie ihm damals in die Arme gelaufen war, hatte er es gleich gewusst. Diese Frau mit den rehbraunen Augen und der schneewittchenhaften Ausstrahlung wollte er in sein Leben lassen. Vielleicht wegen ihrer Augen oder ihres Lächelns. Doch in weiterer Folge auch aufgrund ihrer Zuverlässigkeit, ihrer guten Erziehung und ihrer Intelligenz. Auch ihre Auffassungen zum Leben schienen anderen in ihrem Alter weit voraus.

Viktoria, sie war jetzt in dem Alter, in dem er damals beschlossen hatte zu heiraten. Das stimmte Helmuth nachdenklich. Dachte sie auch über einen radikalen Veränderungsschritt nach? Wie könnte der aussehen? Er bemerkte, dass sie in den letzten Tagen nervöser und unruhiger gewesen war. Auch ihre schnelle Zustimmung zu dem Mediationsseminar im Burgenland erschien ihm plötzlich unter einem anderen Licht.

Zum Glück steckte seine Assistentin ihren Kopf bei der Türe herein. „Dr. Gerling, ihr nächster Klient ist schon da. Er ist ein bisschen zu früh, haben Sie Zeit oder soll ich ihn vertrösten?" Helmuth mochte es ansonsten nicht, wenn Klienten viel zu früh zu den Terminen kamen. Es störte seine Konzentration und seinen Focus auf das, womit er gerade beschäftigt war. Jetzt kam es ihm ganz recht. „Ja, lassen Sie ihn nur herein. Und bitte bringen Sie mir auch gleich frisches Wasser." Demonstrativ holte er den leeren Krug vom Sideboard und streckte ihn ihr entgegen. Nun waren alle unguten Gefühle bezüglich Viktorias Veränderung abgearbeitet. Den Akt der besonderen Scheidung legte er zur Seite. Der Mann, der sein Büro betrat, brauchte seine Aufmerksamkeit.

Später an diesem Tag packte er die Golftasche ins Auto und fuhr auf den nahegelegenen Platz. Der Akt der besonderen Scheidung rief sich auf der Autofahrt in seine Erinnerung. Am Platz selbst atmete Helmuth tief durch und erforschte sein Innerstes. Dieses Ehepaar hatte bereits mehr als zwanzig Jahre miteinander verbracht. War eine neue Liebe wahrscheinlich oder gar notwendig, um als Mann am Leben zu bleiben? Mochte schon sein, doch die Ehefrau niedrig versichert zu wissen so viele Jahre und dann so etwas? Er gestand sich ein, davon rein menschlich nicht genug zu wissen und beschloss, den Fall nur noch juristisch zu begleiten. Das erleichterte ihm seine Schläge und ließ ihn zum

Abendessen entspannt nach Hause kommen. Viktoria und die Kinder erwarteten ihn bereits. Ein Tag war nunmehr seit ihrer Begegnung mit Danijel vergangen. Ein scheinbar ganz normaler Viktoria Tag. Nur sie und die leise Stimme aus ihrem Inneren kannten den Unterschied. Es war eine Melodie in ihr Leben gekommen, die sie an die Tiefe ihrer Seele erinnerte. An den Geschmack von Fröhlichkeit und Lebendigkeit. Danijel hatte morgendlich eine SMS geschickt. Wohlweislich ohne seinen Namen am Ende preiszugeben.

„Freu mich auf ein nächstes Mal." Sie hatte nicht geantwortet, sondern verstohlen in ihren Terminkalender geschaut. Ein Datum lachte sie an. Morgen würde sie es ihm schicken. Der tiefrote Wein, den Helmuth in die bauchigen Gläser goss, erinnerte sie an ihr klopfendes Herz, wenn sie nur den Namen dachte. Morgen war noch Zeit genug. Helmuth wunderte sich nicht über ihre gute Laune, er genoss sie und schalt sich einen Narren, an diesem Nachmittag etwas anderes gedacht zu haben. Als die Buben sich in ihren Zimmern verzogen hatten, kramte er die besondere Scheidung hervor. Er brauchte Viktorias Stellungnahme.

Wie immer, wenn es um die Arbeit ging, harmonierten sie perfekt. Viktoria stieg in den Akt ein und erfasste die brenzlige Lage der Ehefrau erst beim zweiten Hinsehen. Mit existenziellen Nöten hatte sie es zum Glück selbst noch nie zu tun gehabt, so etwas wie die eigene Versicherung ermöglichte ihr Helmuth von Beginn ihrer Beziehung an. Ganz kurz und ganz leise meldete sich ihr schlechtes Gewissen.

Wie gut lebte sie mit diesem Mann. Wie konnte sie da überhaupt an eine Romanze mit Danijel denken? Kaum dachte sie seinen Namen, konnte sie seine Wärme fühlen und das schlechte Gewissen verstummte im Augenblick. Gegen die aufkeimende Lebensfreude war es schlicht machtlos. Plötzlich kam Viktoria der rettende Einfall.

„Helmuth, wenn du solche Bedenken hast, diesen Klienten zu vertreten, dann sprich doch einfach auch mit seiner Ehefrau. Vielleicht können wir sogar meine bald neu erworbenen Mediationskenntnisse nützen. So wie das hier liegt, kommen wir mit der harten Tour nur durch die falsche Tür." „Durch die falsche Tür? Mit der Ehefrau reden?"

Viktoria schmunzelte. „Durch die falsche Tür" hatte Danijel gesagt, als er meinte, manchmal nehmen Studienkollegen den falschen Weg, treffen seltsame Entscheidungen. Dieser Ausspruch gefiel ihr. Wohl von einem Klienten gehört, erklärte sie Helmuth. „Weißt du, wir wollten doch, dass unsere Klienten immer gute Lösungen finden, für beide Seiten. Die Ehefrau auszubooten, passt nicht zu uns." Helmuth lächelte sie dankbar an. Er liebte diesen fast jugendlichen Widerspruch in ihren Augen und die Art, wie sie die Dinge auf den Punkt brachte.

Nein, sie hing nicht an seinem Wohlstand, sie war seine Frau. Aus einem ähnlichen Holz. Jetzt wusste er auch schlagartig, was an dieser Scheidung so besonders war, hier steckte eine List hinter der Akte. Eine List, die wohl nicht vom Ehemann selbst, sondern wohl mehr von der neuen Frau an seiner Seite stammte. Ja, er würde mit der Ehefrau reden und seinen Klienten abermals befragen.

Der Gedanke mit der Mediation erschien ihm erstmals ganz brauchbar.

DAS ZWEITE RENDEZVOUS

Viktoria konnte den Morgen kaum erwarten. In ihrem Traum hatte sie sich jung gesehen und leicht. An ihrer Seite Danijels Lächeln. Wunsch und Wirklichkeit vermischten sich. Helmuth war bereits zeitig ins Büro gefahren. Er wollte den eben gefassten Entschluss, mit der Frau des Klienten zu reden möglichst schnell in die Tat umsetzen. Sie würde zeitig am Morgen bestimmt am besten zu erreichen sein. Benedikt und Clemens fuhren mit der Bahn und dem Scooter in ihre Schulen. Jetzt war der richtige Zeitpunkt für das SMS an Danijel. Viktoria legte ihren Terminkalender nahezu feierlich auf die Küchenbar, ließ einen heißen Espresso aus der Maschine laufen und stellte die kleine bunte Tasse umsichtig neben sich.

Nach dem ersten Schluck fasste sie sich ein Herz und klickte sich in die Mitteilungsrubrik ihres Handys. Die leere Seite blinzelte sie an. Lieber Danijel, nein, das war zu offenherzig, Servus Danijel, das war zu nett. Hi Danijel passte nicht zu ihr. Sie entschloss sich für ein schlichtes „Danijel, diesen Freitag fällt von 14 bis 17 Uhr ein Kliententermin aus. Hast du Zeit? Viktoria" Beide Namen und sonst nichts. Gut so. Jetzt nur noch senden. Schnell, damit der Mut sie nicht verließ. Sie trank ihren Espresso aus. Kurz darauf begann das Warten. Zum Glück musste sie ins Büro und ein wichtiger Termin war unaufschiebbar. Dennoch bemerkte sie die Leere auf ihrem Handydisplay. Vor dem Auftauchen des jungen Mannes durchaus üblich, ab dem heutigen Tag enttäuschend. Bis zum Abend hin zog sich die Spannung und begleitete Viktoria bis in die Nacht.

Kurz nach zwei Uhr morgens bemerkte Danijel, dass sein Handyakku leer war. Nach der Vorlesung auf der Uni und dem Gruppentreffen für die Geländeübung war er noch mit einigen anderen lange in seiner Wohnung zusammengesessen. Sie teilten das geologische Interesse und das Privileg, wenig Schlaf zu brauchen. Anschließend blieb ihm nichts anderes übrig, als noch im Internet zu recherchieren. Die Vorfreude auf die Reise hielt ihn wach. Das Kribbeln im Bauch erinnerte auch Viktorias Bild im roten Kleid. Er schmunzelte. So weit weg erschien ihre Welt und so nahe fühlte sie sich an, sobald er nur an sie dachte. Fast automatisch griff er zu seinem Mobiltelefon. All seine jugendlichen

Freundinnen würden längst auf sein „Freu mich auf ein nächstes Mal" geantwortet haben. Mit einem Smiley oder gar einer Idee für ein Wiedersehen. Wiewohl, das mochte er nicht so besonders gern. Danijel wollte der Mann sein, vorgeben, was getan wird und erst in einer späteren Phase der Beziehung die eigenen Stärken gegenseitig offenbaren. Der Anfang wie gesagt, konservativ. Das war seiner Erziehung zu verdanken. Der Vater ein Topmanager, die Mutter Künstlerin. Beide Söhne waren der Naturwissenschaft zugetan. Die Ausprägung seines Namens kam von seinem serbischen Großvater Danijel Jovanovic. Von jenem hatte er wohl auch ehrgeizige und stilvolle Eigenschaften mitbekommen. Leider lebte der Opa nicht mehr. So viele Gedanken. So viele Gefühle. Es war höchste Zeit ins Bett zu gehen! Nicht nur der Akku des Telefons schien leer. Er steckte es an das Aufladekabel und schlurfte ins Bad.

Kurz darauf verkroch er sich in seinem Bett. Auf das Display schaute er nicht mehr. Die Nacht legte sich friedlich über ihn. Nur wenige Stunden später läutete der Handywecker. Danijel schaute verschlafen auf die Uhrzeit. Erst jetzt bemerkte er das kleine Kuvert rechts oben, das den Erhalt von Nachrichten symbolisierte. Müde richtete er sich im Bett auf, rieb sich den Schlaf aus den Augen und gab einer belebenden Dusche den Vorrang. Die Nachrichten würde er beim Frühstückskakao lesen. Ein Rest von Kindheit begleitete seine Morgen nach wie vor. So waren beinahe 24 Stunden vergangen, bis Danijel die SMS zu Gesicht bekam. „Danijel, diesen Freitag fällt von 14 bis 17 Uhr ein Kliententermin aus. Hast du Zeit? Viktoria" Viktoria. Noch klang der Name ungewohnt in seinen Ohren. Dennoch signalisierte sein Herzschlag Aufregung. Diesen Freitag, das bedeutete übermorgen.

Ein kurzer Blick auf den Dienstplan des Botendienstes genügte. Er hatte frei. Die Uni und seine Freunde würden diese drei Stunden warten müssen. Schnell tippte er ein: „Gerne, ich hole dich um 14 Uhr ab, gut? D." Viktoria bemerkte die SMS erst nach dem Mittagessen. Eine innere Stimme riet ihr, sich nicht allzu viele Hoffnungen zu machen. Das war wohl die Stimme ihrer vernünftigen Mutter, die immer schon dem freudloseren Leben den Vorzug gab. „Gerne, ich hole dich um 14 Uhr ab, gut? D." Als sie die Worte las, lief sie rot an. Gut, dass sie alleine im Büro saß und ihre Verlegenheit keine Zeugen fand. Sich abholen zu lassen, erschien ihr ein wenig riskant. Nunmehr ertönte eine andere Ausprägung ihrer inneren Stimme, die sie aufforderte, mutig zu sein. Viktoria gehorchte mit einem „Ja, gut." Ihr gefiel Danijels „gut", anstatt des flapsigen „ok", das sie ihren Buben manchmal vorwarf. Helmuth war ohnehin über derlei flotte Sprache erhaben. Überdies hatte sie von ihm noch niemals eine SMS bekommen.

Kaum war also die Zeit des Wartens auf die Antwort vorbei, begann die Zeit des Wartens auf ein Wiedersehen. Sie wollte es sich nicht eingestehen und konnte doch nicht aus ihrer Haut. Zum Glück forderte der Nachmittag sie mit Taxidiensten für die Kinder, wichtigen Telefonaten und einer karitativen Veranstaltung, bei der die Kanzlei als Vermittler auftrat.

Kaum blieb Raum für einen Gedanken, hüpfte dieser freudig in die Höhe und flog Richtung Danijel. In Richtung seiner Augen, seiner Hände, des Klanges seiner Stimme und des Geruchs seines Rasierwassers. Abendlich noch plante Viktoria den nächsten Tag und noch gleich den Freitagvormittag dazu. Minutiös fast. So, dass Helmuth kopfschüttelnd neben ihr stand und lächelte. „Du weißt doch, dass immer alles anders kommt als geplant", schmunzelte er.

Viktoria antwortete lieber nicht. „Das waren die Nachrichten, es ist 13 Uhr 32." Danijel saß versunken über der Geländekarte. Die Radiosprecherin riss ihn aus seinen Gedanken. Höchste Zeit! Er warf eine leichte Jacke über, schlüpfte flink in seine Sportschuhe und lief nach unten. Die Straßenbahn erwischte er keuchend. Jetzt konnte er sich entspannen. Sie würde ihn direkt und pünktlich zu Viktorias Büro bringen. Viktoria wiederum dachte seit dem Kundentermin am Vormittag an nichts mehr anderes. War ihr Kostüm zu förmlich, waren die Haare zu streng, wirkte sie gar mütterlich? Der Blick in den großen Spiegel, der im Vorzimmer der Kanzlei befestigt war, um einen stets perfekten Auftritt zu gewährleisten, kannte keine Gnade.

Sie war vollkommen unpassend gekleidet, um mit dem jungen Helden auf seinem Pferd davon zu reiten. Mehr erinnerte sie an eine Gouvernante. Fast trotzig löste sie die Haarspange und schüttelte den Kopf. Ihre kastanienbraunen Haare umrahmten das Gesicht. Besser. Anschließend holte sie die Stöckelschuhe aus dem Aktenschrank, die sie für besondere Anlässe sicherheitshalber im Büro hatte. Sie landeten regelmäßig nach kurzer Zeit wieder in ihrer großen Aktentasche, in der sie die Pumps mit zu jedem Auftritt nahm. Mit diesen Schuhen bekam der Business Auftritt eine gehörige Portion mehr Sex. Das war oft hilfreich, hatte sie gelernt. Ihrer Überzeugung entsprach das nicht. Viktoria erschrak. Schnell packte sie die Highheels wieder in den Schrank.

Ihre Sekretärin kam vom Einkaufen für die Mittagspause zurück. Nun musste Viktoria wohl bleiben wie sie war, um keinen Verdacht zu erregen. Sie, die korrekte Anwältin, wähnte sich allein beim Gedanken als verheiratete Frau diesen herrlich verführerischen jungen Mann zu treffen in der Nähe eines Verbrechens. Wenn schon kein Verbrechen, ein Geheimnis war es allemal.

Kurz vor vierzehn Uhr hielt sie es kaum noch aus. Jetzt war es für alles zu spät. Absagen war letztklassig und doch schien es ihr die beste Alternative. Lieber ein paar Runden im Stadtpark gehen und wieder zurück auf die Erde kommen. „Frau Dr. Gerlich?" die Sekretärin steckte den Kopf bei der Bürotür herein. Auf Viktorias kurzes Nicken fuhr sie fort. „Ich wollte Sie fragen, ob ich nach der Akte Himmelblau heim gehen kann. Mein Sohn tritt heute im Kindergarten auf und…" Viktoria konnte es nicht ausstehen, wenn sie spontan um etwas gefragt wurde. Das war auch bei den Kindern oft eine Katastrophe.

Schon gar nicht, wenn sie selbst mitten in einem Fall, einer Arbeit oder ihrem inneren Gefühlschaos war. Verständnislos blickte sie in Richtung der Sekretärin und wiederholte: "Der Fall Himmelblau, ja. Genau." Und nach einer kurzen Pause. „Ja, das ist in Ordnung, nur bitte achten Sie drauf, dass die Akte tatsächlich abgeschlossen ist." „Himmelblau. Aus heiterem Himmel." Brummte es in ihrem Kopf. Das gab den Ausschlag. Sie würde Danijel treffen und zwar in wenigen Minuten.

Das schwere, massive Haustor schützte sie noch kurz vor der Blamage, die sich immer stärker ankündigte, je näher ihr Wiedersehen rückte. Wieder nahm ihr jemand anders die Entscheidung ab. Ein Hausbewohner öffnete das Tor von außen und hielt es ihr nach seinem Eintreten auf. „Hallo, Frau Dr. Gerlich!" grüßte er laut. Es lag an seinem schlechten Gehör, doch für Viktoria war der freundliche Gruß des Pensionisten heute schlichter Verrat. Danijel zuckte zusammen, als er ihren Namen hörte. Noch dazu mit dem förmlichen Titel davor. Er lenkte seinen Blick in Richtung der Stimme. Da kam sie ihm schon entgegen. Als erstes bemerkte er die langen, braunen Haare, die sie bislang nur bei ihrer ersten Begegnung offen getragen hatte. Als zweites die Schranke, die sich allein durch ihr Outfit zwischen sie stellte. Zum Glück schon als drittes ihr Lächeln. Er machte einen Schritt auf sie zu und reichte ihr die Hand. Der Ort und die Helligkeit des Tages geboten wohl formales Auftreten. Danijel hielt sich daran. Wenig später spazierten sie nebeneinander durch den Stadtpark und redeten. Danijel erzählte von seiner Familie, seiner Herkunft und bisherigen Kontakten mit Anwälten in seinem Leben. Viktoria hörte zu.

Es war der Klang seiner Stimme und die Ausstrahlung seines Körpers, die sie genoss. Es war nicht wichtig, was er sagte, wenngleich sie ihm lauschte und auch ab und an einen fachgerechten Kommentar abgab. Am Ententeich hielten sie an. Viktoria setzte sich auf die kleine grüne Bank und schlug die Beine übereinander.

Danijel rückte nah an sie heran. Wieder berührten sich ihre Oberarme. Jetzt wusste er nichts mehr zu erzählen. Zu gut war der Moment. Kurz konnte Viktoria die Stille aushalten, dann setzte sie zu einer Erzählung an. Danijel drehte sich zu ihr und legte ihr seinen rechten Zeigefinger auf den Mund. Sein Körper war nun ausreichend gedreht, um sie direkt anzusehen.

„Viktoria, ich möchte dich an einem anderen Ort treffen. An einem, an dem wir uns das öffentliche Getue sparen können. Das ist nicht so meine Welt."

Hart in der Sache war das, doch seine Stimme klang sanft und verriet ihren wahren Hintergrund. „Ich möchte mit dir allein sein, deine Seele und deinen Körper berühren, ganz und gar." „Du hast recht", erwiderte Viktoria. Jetzt blieb es still. Beide saßen zurückgelehnt auf der Bank. Irgendwann legte Danijel seinen Arm um Viktorias Schulter und sie ließ es geschehen. Sie lachte und berichtete ihm von ihren Träumen, die sie als Kind oft begleitet hatten, von Zwiesprachen mit den Bäumen im Park oder den Enten im Teich.

Danijel hörte aufmerksam zu. Das war die Frau, die er näher kennenlernen, entdecken, lieben wollte. Noch bevor er seine Reise antrat und das Leben ihn in eine neue Richtung spülte. Er nahm seinen Arm von ihrer Schulter, legte beide Hände um ihr Gesicht und küsste sie auf den Mund. Am besten jetzt gleich mit ihr in seine Wohnung gehen, dachte er und sagte es auch. Viktoria ließ sich von seiner Zärtlichkeit nicht überrumpeln, sie war aufgeregt und inspiriert davon. Danijels Lippen waren weich und warm. Sein Körper schien erregt, das gefiel ihr. Doch dann sagte er das mit seiner Wohnung und sie zuckte zurück. Plötzlich wurde ihr klar, in welche Lage sie sich hier gebracht hatte. Sie setzte sich entschlossen auf und blickte auf die Uhr.

„Danijel, nein, so geht das nicht mit mir. Und jetzt schon gar nicht. Ich sagte doch 14 – 17 Uhr." Unsympathisch wirkte das und kalt. Genauso wie ihr älterer Sohn Benedikt ihr das oft vorhielt. „Wenn du nicht mehr weiter weißt, holst du diese ScheißAnwältin raus." Danijel spürte diesen Satz körperlich, der den Zauber dieses Augenblicks mit einem Schlag beendete. Er stand auf und richtete sich vor ihr auf. „Gib mir Bescheid, ob du mich nochmals treffen willst und wenn ja, dann bitte nimm dir Zeit", fast flehentlich klang das.

So falsch konnte er doch nicht gelegen sein. Jung war er noch, zu jung offensichtlich für diese Kategorie von Frau. Viktoria stand ebenfalls auf. Dass er sich so vor ihr aufbaute fand sie genauso anziehend wie abstoßend. Sie zupfte sich ihren Rock zu Recht und legte den Handtaschenriemen demonstrativ um die Schulter, um die eben noch Danijels Arm gelegen war. Anschließend kramte sie das Haarband aus der Tasche, band ihre Mähne zu einem Pferdeschwanz und blickte Danijel kampflustig in die Augen.

„Es gibt ein Wochenende am Neusiedler See. Dort bin ich allein und habe ausreichend Zeit und Raum. Ich schicke dir die genauen Daten per Mail." Langsam kam wieder Leben in den jungen Mann. Es war also noch nicht das letzte Wort gesprochen.

„Hast du was zu schreiben?" fragte er rhetorisch. Natürlich würde sich in der großen Anwaltstasche auch ein Stift finden. In krakeliger Schrift stand wenig später seine Mailadresse da. Ein wenig verloren auf dem Block, dessen obere rechte Ecke dem Logo der Kanzlei vorbehalten war. Viktoria steckte den Block wieder ein, ordnete abermals ihren Auftritt und lächelte ihn an.

„Ich muss zurück, danke dir für deine Zeit." Wieder küsste sie ihn links und rechts auf die Wange und verschwand. Danijel setzte sich wieder und starrte auf den Teich. Zum Glück brummte sein Mobiltelefon. Ein Kollege des Fahrraddienstes war krank geworden, ob er nicht einspringen könnte? Ja, konnte er. Er radelte an diesem Abend bis zum Umfallen, duschte und legte sich zeitig ins Bett. Vielleicht war das alles nur ein Traum gewesen. Vielleicht war das auch besser so.

UND JETZT?

Viktoria verbrachte den Freitagabend wie auch das gesamte Wochenende im Kreise ihrer Familie. Sie war infiziert vom Gedanken, auszubrechen aus dem feinen, wohlerzogenen Alltag. Deswegen verhielt sie sich noch ein Stück friedlicher und freundlicher als ohnehin schon. Die Kinder nahmen das einfach an und waren froh darüber. Helmuth dachte an diese besondere Scheidung, zuversichtlich, weil die beiden Eheleute sich auf die Mediation mit Viktoria einlassen wollten.

Er hatte ihnen wohlweislich verschwiegen, dass sie das selbst gerade erst lernte, für ihn war es wichtig, seine Frau mit im Boot zu haben, wenn dieser Fall zu einem guten Ende kommen sollte. Beim Gespräch mit der Ehefrau seines Klienten war ihm schlagartig klar geworden, dass er seine Kanzlei auf neue Beine stellen wollte.

Die Mediation als selbständigen Geschäftszweig etablieren, erweitert um eine Beratungsstelle für Ehepaare am Anfang ihrer Beziehung. „Nein, keine Lebenshilfe", hatte er seinen besten Freund und Anwaltskollegen belehrt, „eine Überlebenshilfe. Ich habe recherchiert, wie viele Beziehungen versicherungstechnisch und finanziell uneben beginnen und wachsen. Wir könnten dem Scheidungswahnsinn zumindest diesbezüglich vorbeugen.

Verstehst, du in unserem Land darf es nicht sein, dass Ehefrauen unterversichert in die Pension gleiten, weil die Männer ihnen ihre Berufstätigkeit untersagen und sie dennoch nicht bei sich anstellen oder sie mit ausreichenden Mitteln versorgen, um sich selbst zu versichern." Sein Freund war einen Schritt zurückgewichen. „Helmuth, das hat dich doch bisher auch nicht gekümmert. Ich meine, du und Viktoria, für euch ist das doch nicht das Thema."

Das stimmte wohl, doch Helmuth hatte in den letzten Wochen nicht nur bemerkt, wie lebendig und zuversichtlich Viktoria in diesen Frühling ging, sondern auch, dass er bereits im eigenen Lebensherbst angelangt war. Es war wichtig, noch einmal etwas Neues zu beginnen. Etwas, das seine Kompetenz brauchte und dennoch genug Unberechenbares barg, das es selbst für ihn noch zu lernen galt. Ein Stück zu satt und selbstzufrieden war er geworden, mit dieser wunderbaren Frau an seiner Seite. Auch die automatischen Daueraufträge an diverse caritative Organisationen und seine Mitgliedschaften in den unterschiedlichen Anwaltsrunden würde er überdenken.

Gezielt und fokussiert wollte er sowohl helfen als auch wirken. Das Gießkannenprinzip sollte in Hinkunft dem Garten vorbehalten bleiben. Apropos, die Arbeitszeiten des Gärtners würde er reduzieren und sich selbst weniger am Golfplatz, sondern mehr in Viktorias Nähe im eigenen Garten beschäftigen. Sie liebte es, den Grashalmen beim Wachsen zuzusehen, langsam verstand er den Zauber dieser Momente. Vorsichtig wollte er ihr einen Teil in ihm offenbaren, den er nach wie vor streng behütet gehalten hatte. Auch einige der Krawatten würden daran glauben müssen. Wozu noch so viel von dieser Kontrolle? Viktoria war jung, sie liebte ihn. Sie würde gut umgehen mit seinem verletzlichen Ich. Der Gedanke allein trieb ihm ein paar zerquetschte Tränen in die Augen.

Hatte es tatsächlich die besondere Scheidung gebraucht, um die Besonderheit der eigenen Beziehung klar zu sehen? Den Wert des rechtzeitigen Miteinanders zu erkennen? Oder war es allein Viktorias Veränderung? Oder war es die Tatsache, dass er bemerkte, wie sehr sich die Buben manchmal plagten? Mit den hohen Anforderungen, die er aufgrund der eigenen strengen Erziehung an sie stellte?

Was immer es war. Er machte sich so seine Gedanken. Gedanken, die seine Familie und ihn in eine fröhlichere, lebendigere Zukunft führen sollten.

DIE VORBEREITUNGEN

Viktoria wollte es jetzt wissen. Sie packte die Unterlagen für das Mediationsseminar aus und kontrollierte die Agenda. Ja, es würde ausreichend Zeit sein. Zeit, sich mit Danijel zu verabreden. Gelegenheit, über alles zu reden.

Und auch die Chance, sich einem Traum zu ergeben, den sie als Dreizehnjährige in eine dunkle Kiste gepackt und erst beim Anblick seiner Augen wieder befreit hatte. Flugs schrieb sie die Eckdaten in eine Mail und schickte sie am frühen Morgen ab. Den restlichen Tag über waren Termine eingetragen.

Einer davon mit der Ehefrau der besonderen Scheidung. Erst am früheren Abend würde Viktoria wieder in ihr Postfach schauen. „Ich gebe es ein Stück aus der Hand. Überlasse es dem Schicksal." Ulkte die kleine trotzige Vicky in ihr, die selten das Tageslicht erblickte. Die beiden nächsten Wochen vergingen. Danijel hatte am selben Tag noch kurz positiv geantwortet. Seither herrschte Funkstille. Viktoria ertappte sich manchmal dabei, eine SMS zu tippen, so wie sie es mittlerweile in einem Liebesfilm gesehen hatte. So zwischendurch ein „ich denke an dich" oder „ich freue mich auf dich". Mittlerweile lagen dreierlei solche in dem Fach „Gespeicherte Nachrichten", das Abschicken war ihr denn doch zu kindisch erschienen. „Mama, was ist denn das?"

Clemens hielt ihr Mobiltelefon triumphierend in der Hand. Gerade eben hatte er noch damit seinen Freund angerufen und sich mit ihm zum Spielen verabredet. Mama speicherte die Nummer aller seiner Freunde, also brauchte er nicht zu suchen und nahm einfach ihr Handy. Ungestüm und neugierig wie es ihm entsprach, war er dabei auch an ihren Mitteilungen vorbeigekommen. So ganz zufällig.

„Jetzt nur keine roten Ohren bekommen!" dachte Viktoria und die Anwältin sprang ihr zur Seite. „Lach nicht so blöd, dein Vater und ich sind schließlich noch nicht tot!" ermahnte sie ihn und zwinkerte ihm dabei zu. Noch bevor Clemens den Ordner „Gesendete Mitteilungen" inspizieren konnte, nahm sie ihm das Teil aus der Hand. „Na, was ist jetzt mit dem Max, kommt er noch rüber?" Damit war das Thema vom Tisch. Gut, dass Benedikt nicht hinter ihr Geheimnis gekommen war. Er hätte nicht so schnell aufgegeben. Kaum wandte Clemens sich zum Gehen, machte sie nun aus dem Vorwand Wirklichkeit. Sie schickte eines der SMS ab. „Ich denk an dich. V." An Helmuth wohlgemerkt. Die Zeit füllte sich mit den üblichen Dingen. Beinahe war alles wie immer. Helmuth war ein Stück sanfter und fröhlicher, seit er die besondere Scheidung bearbeitete, was Viktoria freute. Von seinen neuen Ideen und Vorsätzen war noch nichts zu bemerken. Helmuth wollte Viktoria damit überraschen. Sozusagen ein fertiges Paket schnüren und dann vor ihr aus der Torte hüpfen. Dieses Vorhaben erzeugte das herrliche Glitzern in seinen Augen. Viktoria bekam es allerdings nicht allzu oft zu sehen. Er bereitete einiges vor und war deswegen, wie sonst auch, selten daheim.

Danijel hatte nur kurz geantwortet. Zu unwirklich erschien ihm diese Beziehung zu der Elfe, die sich bei ihrer letzten Begegnung als schnippische Mitvierzigerin entpuppt hatte. Lieber kümmerte er sich um das Visum und den Transport in das ferne Indien. Studienkollegen berichteten über das dampfende Katmandu, in dem es hektisch, heiß, feucht, dunstig und laut war. Das jedoch eine Reise wert war und viele sinnliche Erlebnisse versprach.

Auch erzählten sie von dem engen Weg, der von dort weiter führte in die Berge. Zu schmal, um lange Rast zu halten, umsäumt von Apfelbäumen. Angeblich tanzten die Gläubigen voller Apfelschnaps unter blühenden Apfelbäumen zu Ehren des Dorfgottes. Ein drei bis vier Tage Marsch würde es sein bis hin zu dem Bergpass. Durch Felder mit Erbsen und allerlei anderem Gemüse. Durch die Heimat des Schneeleoparden mit der Yak-Karawane. Oder aber mit einem chinesischen Fahrer unterwegs, für den Zeit und Raum weniger eine Rolle zu spielen schienen als für den Berg. Es würde vielleicht unberechenbare Zeiten geben. Zeiten, in denen vor sich hin gelebt, gedöst und in der freien Natur gelegen sein würde. Jedenfalls sind die immensen Höhenmeter immer einmal das erste Mal. Diesmal für Danijel. Es gab auch diesen Bogen am Institut, auf dem sie bescheinigten umzukehren, sobald eine Gesundheitsgefährdung eintrete. Es fühlte sich aufregend an. Damit schloss sich der Kreis mit Viktoria. Die Karte für den Zug nach Neusiedl am See kaufte Danijel über das Internet. Wieder musste er nur rechtzeitig in einem Waggon sitzen, dann konnte nichts mehr passieren.

Das Hotelzimmer, das Viktoria vorgeschlagen hatte, buchte er nicht. Entweder er konnte bei ihr übernachten, oder er schlief im Freien. Am Himalaya gab es auch keine Wahl. Der Gedanke, der jugendliche Held zu sein, gefiel ihm. Dazu passte auch, dass er keine Rückfahrkarte löste. Sie würde mit dem Auto dort sein und auch heimfahren. Vielleicht konnte er mitkommen. Zumindest bis zur Stadtgrenze. Treffpunkt war unten am See. Dorthin kam man gut zu Fuß. Eine Flasche Rotwein, Brot, Schinken und Käse würde er noch in seinen Rucksack packen. Viktoria sollte sehen, dass sie das Anwalt-Getue nicht nötig hatte. Alles Weitere wollte er dem Zufall überlassen.

DAS WOCHENENDE AM SEE

Viktoria parkte im vorderen Teil des Hotelparkplatzes. Sie war rechtzeitig angekommen und konnte es sich aussuchen. Das war neu. Noch vor kurzem hätte sie sich unauffällig im hinteren Bereich platziert. Jetzt freute sie sich an ihrem Selbstbewusstsein, hievte den Trolley aus dem Kofferraum und war schon durch die Drehtür. „Frau Dr. Gerlich, herzlich willkommen in unserem Haus!" Die junge Frau an der Rezeption begrüßte Viktoria wie eine alte Bekannte. „Wir haben Ihnen ein Zimmer mit Blick auf den See reserviert. Weil Sie als eine der ersten gebucht und um ein besonderes Zimmer gebeten hatten. Und es ist ein Doppelzimmer, weil nicht sicher war, ob sie für die Verlängerungsnacht alleine oder zu zweit sind."
Die Rezeptionistin sagte das alles in einem höflichen, professionellen Ton, doch Viktoria meinte nicht richtig zu hören. Helmuth hatte die Zimmerreservierung veranlasst. Wahrscheinlich war seiner Sekretärin ein Irrtum unterlaufen, oder plante er gar…? Nein, diesen Gedanken jetzt nur nicht zu Ende denken. Helmuth war bisher kein Mann für Überraschungen gewesen und außerdem gehörte dieses Wochenende den Buben. Trotzdem würde sie ihn anrufen, um ganz sicher zu gehen. Vielleicht handelte es sich auch um eine Verwechslung mit einem Kollegen ähnlichen Namens. Tatsächlich landete Viktoria in einem herrlichen Zimmer im ersten Stock.
Flugs packte sie den Koffer aus und hängte die Blusen und Kleider in das Bad. Dort drehte sie die heiße Dusche auf und ließ den Dampf die

Kleidungsstücke glätten. Sie schaute über den kleinen Balkon auf den See hinaus. Wunderschön schillerte die Wasseroberfläche in der Sonne. Das Glitzern blendete Viktoria fast. Sie schloss die Augen und lehnte sich an die aufgeheizte Mauer. Ihr ganzer Körper füllte sich mit dieser sommerlichen Wärme. Es fing etwas Neues an in ihr. Gut fühlte es sich an. Das Prasseln ließ sie wieder zur Besinnung kommen. Schnell drehte sie den Duschkopf ab und beförderte ihre Kleidung ins Vorzimmer.

Das rote Kleid war auch dabei. Wie duftig und weiblich es aussah. Bald würde es seinen großen Auftritt haben. Viktoria dachte das tatsächlich in der dritten Person, so als ginge das Kleid mit ihr anstatt Viktoria mit dem Kleid aus. Das machte es ihr leichter, diese neue Dimension in ihrem Leben zuzulassen.

Als sie sich beim gemeinsamen Abendessen im Kollegenkreis wiederfand, trug sie das Türkisblaue. Selbst das fiel auf. Es passte perfekt zu ihren dunklen Haaren und dem dampfigen Sommerabend. Gleich einem erfrischenden Wasserfall schwebte Viktoria in den Speisesaal.

Zwei oder drei von den Anwälten kannte sie und grüßte freundlich. Manch anderer drehte sich kurz nach ihr um. Viktoria setzte sich folgsam auf den Platz, den ihr der freundliche Kellner zuwies. Aus organisatorischen Gründen war es bei diesen Seminaren am Einfachsten, die erste Tischordnung vorzugeben. So fand Viktoria sich an einem Tisch mit sieben Personen wieder.

Zwei langhaarige, platinblonde, junge Frauen neben zwei braungebrannten, beanzugten Herren. Zwei Einzelpersonen so wie sie. Eine Anwältin aus Innsbruck und ein Steuerberater aus der Nähe von Wien. Augenscheinlich trafen sich diese beiden zum ersten Mal. Wiewohl sie heute wesentlich wagemutiger in diesen gemeinsamen Abend gegangen war, atmete Viktoria auf. Ihr graute vor Tischen mit ausschließlich einander bekannten Kollegen. Da fühlte sie sich jedes Mal wie die kleine graue Maus von nebenan.

Der Steuerberater lächelte sie freundlich an. Er war froh ein Gesicht zu erblicken, das wohl noch kein Chirurgenmesser an sich herangelassen hatte. Das schloss Viktoria nach einem Rundumblick im Raum und an ihrem Tisch. Ja, sie wurden immer perfekter, ihre Geschlechtsgenossinnen. Und erstmals bemerkte sie auch, dass hier einige Frauen waren, die ganz bestimmt keine Anwältinnen oder Steuerberaterinnen oder andere fachlich Interessierte waren. Wieso fiel ihr das gerade jetzt ein? War sie nicht auch deswegen so ungern auf diese Kongresse gefahren, weil sie oft mehr wie Partnerbörsen wirkten denn wie fachliche Weiterentwicklungsstätten? Der Steuerberater riss sie aus ihren Gedanken. Er fragte etwas und sie gab artig Antwort. Diese Art der Konversation war ihr vertraut. Die Auskünfte, die sie gab, lagen haarscharf an der Grenze zwischen Professionalität und Kühle. Nach dem Dessert lächelte sie den Anwesenden freundlich zu und verabschiedete sich. Sie wollte ausgeschlafen sein für die Sache, den Seminarinhalt. Schließlich würde Helmuth danach fragen.

Und überdies ortete sie selbst im Thema neues Potenzial für ihre Arbeit. Es wurde eine unruhige Nacht. Immer wieder wachte Viktoria auf. Erst war ihr zu warm, dann wieder zu kühl. Sie blieb minutenlang wach und schlief wieder ein. Kein Traum rettete sie, Schafe zählte sie schon lange nicht mehr. Zeitig am Morgen kroch sie aus dem viel zu weichen Bett und stellte sich unter die Dusche. Lang rann das Wasser über ihren Körper. Es nahm die Spannung dieser Nacht mit in den Abfluss. Danach fühlte sich Viktoria wieder frisch und munter. Ihr Spiegelbild zeigte leichte Spuren der Nacht, welche sie mit der sündteuren Collagenmaske zu beseitigen suchte. Diese wirkte während des Zähneputzens ein. Danach setzte sich Viktoria noch kurz vor das Fernsehgerät und schaltete das Frühstücksfernsehen ein.

Das tat sie immer, wenn sie in Hotelzimmern aufwachte und sonst nichts zu tun war. Zehn Minuten später nahm sie die Maske mit einer heißen Kompresse ab. Die kleinen Frotteehandtücher des Hotels eigneten sich hierfür hervorragend. Jetzt in das Sommerkleid geschlüpft und Make-up aufgetragen. Im Kollegen- und Kolleginnenkreis herrschte Mitbewerb. Sogar beim Mediationsseminar. Viktoria hatte stets vermieden, sich darauf einzulassen. Heute bereitete es ihr sogar Freude. Sie wollte wissen, was aus ihrem 45jährigen Leben noch herauszuholen war.

Die zarten Schuhe passten perfekt, die Aktenmappe machte einen spannenden Kontrast. Viele Stunden später, um einiges klüger was die Arbeit der Mediation betraf, um einiges satter als sie sich das üblicherweise zumutete und um zwei Gläser Wein reicher als sie normalerweise trank, ließ sich Viktoria in ihrem Zimmer auf das Bett fallen. Der Tag war schnell vergangen, bereits morgen war das Seminar wieder vorbei. Es endete mit dem gemeinsamen Mittagessen.

Danach begann das Wochenende. Danach kam Danijel. Viktoria schminkte sich ab, machte eine Katzenwäsche und flüchtete ins Bett. Nur nicht darüber nachdenken, was sie sich hier angefangen hatte. Voller schlechten Gewissens rief sie Helmuth an und berichtete ihm von ihrem Tag. Er stimmt ihr zu, den Bereich der Mediation in die Arbeit der Kanzlei zu integrieren und schmunzelte. Daraufhin wünschte er ihr noch einen schönen freien Samstagnachmittag und Sonntag. Sie hätte sich dieses freie Wochenende verdient. Und er würde mit den Buben eine Radtour machen. Wovon Viktoria nichts ahnte, waren die Tätigkeiten der Handwerker in der Kanzlei und Helmuths Plan, seine Frau zu überraschen.

Zum Glück wirkte der schwere Rotwein, sie schlief schnell ein. Am nächsten Morgen wachte sie durch das Geräusch des Rasenmähers auf. Die Melodie ihres Handyweckers war nicht laut genug gewesen, jetzt schreckte sie auf.

Flugs erledigte sie die morgendliche Prozedur, band ihre Haare nur mit einem leichten Band zusammen, das sie sanft über die Schultern fallen ließ. Schlüpfte wie nicht anders möglich in das rote zauberhafte Kleid und die leichten Schuhe und schaffte es rechtzeitig zum Frühstück. Schon auf dem Weg dorthin erntete sie bewundernde Blicke. Ihr Herz klopfte. Mehr wegen der Eile als wegen des Dates mit Danijel. Daran verschwendete sie noch keinen Gedanken. Erst am späteren Vormittag, als sich das Seminar seinem Ende zuneigte, realisierte Viktoria, dass nun bald der Moment kommen würde, an dem sie mit dem jungen Mann unten im Strandcafe verabredet war.

Die Entfernung vom Hotel lag nicht in Fußnähe, so wie sie das vermutet hatte. Sie würde mit dem Auto dorthin fahren, damit die Füße in den Riemchensandalen makellos schön bleiben konnten. Fast konnte sie Veronika lachen hören. Ihre Schwester achtete plötzlich auf Äußerlichkeiten! Es war ein besonders heißer Tag.

Als Viktoria aus dem Hotel stöckelte, schlug ihr eine Welle warmer Luft entgegen. Zum Glück kühlte die Klimaanlage im Wagen ausreichend. So konnte sie durchatmen, bevor sie Danijel traf. Durchatmen und den Lippenstift neu auftragen. Das würde ihn hindern, sie abermals dreist auf den Mund zu küssen. Zumindest unten im Café. Was danach kommen möge, malte sie sich lieber nicht aus. Wie gefährlich gestaltete sich der Vorsatz einer bösen Handlung in jeder Verhandlung. Danijel befand sich derweil längst auf der Brücke vor dem Café. Er war mit dem früheren Zug gekommen, um Viktoria ganz sicher nicht zu verpassen. Ein inneres Gefühl warnte ihn, sie könnte nur Schabernack treiben. Hier musste sie vorbeikommen, es gab nur den einen Weg zur Strandterrasse. Das Hemd trug er über den Jeans, so konnte er den Wind auf der nackten Haut spüren, der sich frech unter den leichten Stoff schob. Das verstärkte seine Erregung, die die Vorstellung ihres baldigen Eintreffens ohnehin schon bewirkte.

Vor kurzem war die Abreise für den Geländeaufenthalt nach vorne verschoben worden, es würde nicht mehr allzu viele Gelegenheiten für ein Wiedersehen mit Viktoria geben. Jetzt wo er gerade dabei war, das Mädchen in ihr wach zu küssen und gleichzeitig von ihrer Weiblichkeit zu trinken. Die Sonne heizte Danijels Gedanken an. Er wusste nicht, ob Viktoria wohl zu Fuß oder mit dem Auto kommen würde. Deswegen ließ er seinen Blick radarmäßig auch immer wieder zum Parkplatz schwenken. Ein Blick auf sein Handy bestätigte sein Gefühl.

Er schätzte sie pünktlich ein, pünktlich und zuverlässig. Eigenschaften, die seine gleichaltrigen Freundinnen leider selten aufwiesen. Außer…Musste sie ihm gerade jetzt einfallen? Seine Elfe in Australien, deretwegen sein Herz diese Sehnsucht nicht los wurde. Schnell wischte er ihr Bild vor seinem inneren Auge wieder weg. Die Frau, die aus dem dunkelblauen Auto stieg, war Viktoria. Genau so, wie er sie das erste Mal in der Innenstadtboutique gesehen hatte.

Das heißt, fast genauso. Anstatt der bloßen Füße trug sie heute Sandalen, die im Sonnenlicht glitzerten und anscheinend einen grazileren Gang bedingten, als sie sonst gewählt hätte. Danijel musste schmunzeln, in ihm erwachte der Ehrgeiz, Viktoria zu veranlassen, mit ihm barfuß zu ihrem Hotel zurück zu gehen und das Auto einfach zu vergessen.

Sie kam direkt auf ihn zu. Kramte in ihrer Handtasche und hielt sich kurz darauf das Handy ans Ohr. Telefonierend ging sie langsam weiter in seine Richtung, merklich nervös und abgelenkt. Danijel setzte sich in Bewegung und baute sich vor ihr auf. Er überragte sie um gut zwei Köpfe. Fast stolperte sie in ihn hinein. „Also dann, ja es ist alles gut, ja, macht es euch auch schön. Ja, gut, danke." Viktoria war in die Falle ihres eigenen Verantwortungsbewusstseins getappt. Den Anruf von Helmuth hatte sie nicht ablehnen können. Jedenfalls wusste sie jetzt, dass er mit den Buben zusammen war und sie ungestört ihrem Rendezvous entgegenstöckeln konnte....

Danijel stand plötzlich vor ihr. Gross, in Jeans und einem hellen Hemd, er roch frisch geduscht und rasiert. Wie war das möglich bei der Affenhitze? Ihr Verstand war der erste, der die Fassung wiederfand. „Hi" sagte er und lächelte sie an. „Hi" antwortete sie und schob die Sonnenbrille ein Stück nach oben.

Sie standen ganz nah beieinander. Danijel löste die Spannung. „Gehen wir auf die Strandterrasse?". Viktoria fand keine Worte. Sie nickte stumm. Er trug einen Rucksack und sie verbrachte die Wegstrecke damit zu überlegen, was da wohl drinnen war.

Endlich rückten die Sitzgelegenheiten näher. „Hier?" würgte sie heraus und deutete auf die erstbesten Reihen neben der Bar. Schnell musste sie jetzt einen Campari Soda bestellen und diese Aufregung bekämpfen. Wahrscheinlich hatte sie bereits rote Ohren und ihr Herzklopfen war allerorts hörbar. „Nein" erwiderte Danijel, „lass uns nach vorne zum Wasser gehen. Ich habe nur kurz etwas zu erledigen."

Bei diesen Worten berührte er mit seiner Hand leicht ihren Oberarm, um den Moment des Wartens zu entschuldigen. Anschließend ging er zu der bildhübschen jungen Kellnerin und schien sie etwas zu fragen. Das Bild der beiden traf Viktoria mitten ins Herz. Plötzlich kam sie sich schrecklich blöd vor. Zum Glück nickte die Frau und Danijel kam schnurstracks wieder zurück. Abermals legte er kurz seine Hand auf ihren Oberarm, diesmal um zu signalisieren, „wir können jetzt nach vorne gehen."

Für Viktoria war das ungewöhnlich, Helmuth war ein Mann der Worte, selten verständigten sie sich nur durch Gesten oder Berührungen. Sie staunte wie unmittelbar Danijels Körpersprache wirkte. Konzentriert stöckelte sie neben ihm her. Die Holzbretter der Seeterrasse erwiesen sich als gefährliche Stolperfalle. Unfallfrei schaffte Viktoria den Weg bis zu den gemütlichen Liegestühlen, von denen man einen phantastischen Blick auf den See genießen konnte.

Mit einem Seufzer nahm sie Platz und schlug die Beine übereinander. Danijel lächelte sie an und begann, seinen Rucksack auszupacken. Die Kellnerin brachte zwei große, leere Rotweingläser und zwinkerte Danijel zu. Wieder keimte in Viktoria dieses Gefühl auf, fehl am Platze zu sein. Danijel räumte diese Bedenken mit einer einzigen Bemerkung aus. Er drückte der Kellnerin einen FünfEuroSchein in die Hand und sagte. „Danke, wir brauchen Sie heute wohl nicht mehr." Aus dem Rucksack zauberte er eine Flasche Wein, ein frisches Stück Weißbrot, Prosciutto auf einem Pappteller drapiert, Oliven in einer kleinen Schale und ein Stück Käse in Butterbrotpapier hervor. „Šarski sir, serbischer Schafskäse, er kommt aus der Vojvodina" beantwortete er die Frage, die sie eben hatte stellen wollen..

Viktorias Füße schmerzten in den zarten Schuhen, sie dachte daran, sie einfach abzustreifen und den Abend barfuß zu genießen. Der Holzboden war warm und trocken, nackte Füße lud er geradezu ein. Danijel öffnete den Wein mit seinem Taschenmesser, brach das Brot und verteilte es auf der zuvor über den kleinen Tisch gebreiteten Stoffserviette. Viktoria beobachtete sein Tun, wieder fielen ihr seine schönen Hände auf, wieder berührte er ihr Herz.

Nachdem alles fein säuberlich und appetitlich seinen Platz gefunden hatte, wandte sich Danijel Viktoria zu. „Es ist schön, dass du da bist. Es wird ein wunderbarer Abend werden." Sagte das vor sich hin, als sei es das Selbstverständlichste von der Welt. Danijel meinte den Abend an und für sich, den Sonnenuntergang, die Gnade der Natur. Viktoria bezog das Attribut „wunderbar" auf ihre Anwesenheit und lächelte ihn an.

Im hinteren Teil des Lokals klirrten die ersten AperolSpritz Gläser aneinander und die schönheitsoperierten Rechtsanwaltsgattinen oder Anhängsel ihrer Anwaltskollegen lachten schrill, während das Lachen der Männer klang wie das Triumphgedröhne nach der gewonnenen Schlacht.

Vorne am See saßen Viktoria und Danijel wie auf einem eigenen kleinen Kontinent. Keiner der anderen Anwesenden wagte sich näher als drei Meter an die beiden heran.

Vielleicht war es der kühle Wind, der langsam vom See über den Steg wehte, vielleicht war es der Zauber ihrer Begegnung. Wen interessierte das schon? Der Abend legte sich über den See, es blieb sommerlich warm und schließlich

nach dem zweiten Glas Wein schlüpfte Viktoria aus den Schuhen und ihre Füße befühlten den Boden. Danijel nutzte den Moment, er stand auf, schnappte seinen Liegestuhl und stellte ihn direkt neben Viktoria. Die Reste des Picknicks verstaute er wieder im Rucksack, nur sein Weinglas nahm er mit und stellte es neben sich auf die Seeterrasse. Er erzählte von seinem bevorstehenden Geländeaufenthalt und von seinem Traum, die Erde im wahrsten ihrer Sinne zu erforschen. Sie berichtete von ihrem Seminar und ihrer Phantasie, die Scheidungsanwälte durch Partnerschaftsmediatoren zu ersetzen. Dorthin wollte sie kommen, wo auch in Trennungssituationen das Gute der einstigen Beziehung weiter-wirken konnte. Zufrieden sein, mit den Frauen und Männern der eige-nen Vergangenheit und auch bei getrennten Wegen die Achtung und die Wertschätzung behalten. Wie sie das so glühend erzählte, bemerkte Danijel, mit welcher Wärme und Achtsamkeit Viktoria über ihren Mann sprach. Sie war keine frustrierte, vernachlässigte Ehefrau, die auf den jugendlichen Liebhaber hoffte, der ihr studentisch Lebendigkeit ein-hauchte. Dieses Vorurteil verabschiedete sich und der Wind vom See erschien Danijel plötzlich kühler. Er ahnte nicht, dass sehr wohl seine Gegenwart es gewesen war, die diese Glut in Viktoria entfacht hatte können. Zu lange war sie in ihrem Trott gewesen, in ihren alten Verhal-tensweisen gefangen. Schon gar nicht hätte er vermutet, dass seine Kraft und Jugend sich bis zu Helmuth durchgekämpft hatte. Allein durch Viktorias Veränderung kam mehr Luft und Licht in diese Ehe.

„Danijel?" Viktoria biss sich auf die Lippen. Ach herrje, wie lange erzählte sie schon von diesem Gedanken der wertschätzenden Trennun-gen und klarerweise den guten Beziehungen davor? „Danijel, langweile ich dich?" Er schreckte auf. „Nein, nein, gar nicht. Ich war nur plötz-lich in meinen eigenen Gedanken versunken."

Viktoria interpretierte, was sie von Helmuth gut kannte. „Du meinst den Geländeaufenthalt?" Danijel ergriff die Rettungsleine. Er würde sich nicht durch Reflexionen über ihre Ehe aus der herrlichen Abendstimmung mit einer hohen Chance auf eine Liebesnacht katapultieren. Er antwortete männlich: „Ja, verzeih bitte." Ganz nahe saßen sie beieinander und ihre Oberarme berührten sich.

Es wurde ganz still zwischen ihnen. Danijel legte Viktoria seinen Arm um die Schulter. Sie lehnte sich liebevoll an ihn. Er dachte daran, wie er die Kurve noch kratzen konnte, um die große Erwartung an diese Nacht zu erfüllen. Bestimmt ging sie von einer Liebesnacht aus. Viktoria spürte, dass Danijel jetzt neben ihr saß wie ein junger Freund. Einer, dem sie vieles zu verdanken hatte und auf den sie sich bei jedem Wiedersehen freuen würde.

Doch wohl keiner, mit dem sie eine Affäre anfangen wollte. Diese wunderbare Vertrautheit, vielleicht gar ein Gleichklang ihrer Seelen in bestimmten Augenblicken hatte die Sexualität überholt. Spätestens in dem Moment, in dem sie sich überlegt hatte, die beiden Männer einander vorzustellen. Danijel fasste den Vorsatz, seiner Elfe in Australien zu schreiben. Sie war diejenige, der er sich ganz und gar hingeben wollte.

Viktoria beschloss, den Abend in dieser besonderen Stimmung weiterlaufen zu lassen und sich auf ihre Intuition zu verlassen. Beide Körper entspannten sich im selben Moment.

Arm in Arm saßen sie da, nur einmal stand Danijel noch auf, um eine Flasche Wasser zu holen.

Die Kellnerin brachten ihnen Decken und diesmal steckte Viktoria ihr einen Geldschein zu. Danijel bemerkte es nicht und das war auch besser so. Die Sterne am Himmel leisteten ihnen Gesellschaft. So vieles tauschten sie aus. Manchmal strich Danijel Viktoria über die Wange und ab und an fuhr sie ihm über das dichte Haar.

Zwei Menschenkinder unter dem Himmel. Der Zeitpunkt des Aufbruchs kam plötzlich. Dicke Tropfen kündigten ein Gewitter an. Schnell packten sich die beiden zusammen. Viktoria nahm ihre Schuhe in die Hand, da fasste Danijel sie schon an der anderen und rannte mit ihr Hand in Hand zu ihrem Auto.

Viktoria sperrte das Auto von weitem auf. „Gib mir bitte den Schlüssel, ich werde fahren." Danijel sagte das sehr bestimmt. Viktoria folgte, sie fuhr ohnehin nicht gerne, sobald sie auch nur ein Schlüpfel getrunken hatte. Danijel öffnete ihr die Autotüre, schmiss seinen Rucksack auf die Rückbank und nahm den Fahrersitz ein.

Er fuhr damit ein Stück zurück und startete. Ganz selbstverständlich war das und tat ihr gut. Der Regen prasselte auf den Wagen, kaum war die Straße zu sehen. Langsam und sicher brachte Danijel sie bis zum Hotel. Er stellte den Motor ab. Ganz langsam drehte er sich zu Viktoria.

Viktoria starrte während der Fahrt in den Regen. Jetzt ruhte ihr Blick auf ihren nackten Knien, das rote Kleid umspielte sie leicht. Ihr Herz klopfte, so wie sie jetzt neben Danijel auf dem Beifahrersitz ihres eigenen Autos saß. „Worauf hast du dich hier nur eingelassen?" funkte ihr Verstand. Besser sie sagte jetzt nichts. Zum Glück war Danijel Manns genug. Er fing an zu reden. „Viktoria, der Abend hat so schön begonnen, setzen wir ihn im Hotel fort. Ist es möglich, mit hinein zu kommen?" Immer noch fixierte Viktoria ihre Kniescheiben.

„Was ist denn schon dabei? Du bist verheiratet, aber nicht tot!" Das war wohl nicht mehr die Vernunft, sondern mehr der Originalton ihrer Schwester Vroni.

Langsam wandte sie sich Danijel zu. Er sah wirklich verdammt gut aus. Wieder kam ihr Vroni in den Sinn. „Ja", begann sie stockend. „Ja, ich denke schon, dass du mit hinein kommen kannst." Sprach es und senkte den Blick wieder. Danijel legte ihr die Hand aufs Knie. „Viktoria, ich…", doch so richtig wusste er auch nicht, was jetzt kommen sollte. „Ich hab's." Ihr klarer Verstand kehrte wieder zurück. „Wir gehen am besten auf mein Zimmer. Wir ersparen uns die anderen Leute. Weißt du, von denen habe ich in den letzten Tagen im Restaurant und im Wellness Bereich schon genug gesehen.

Dort passen wir nicht hin." Das „wir" klang verschwörerisch und innig. Es bezeichnete den Geheimbund der Herzlichen. Helmuth gehörte diesem Bund übrigens auch an. Und die Elfe Danijels wahrscheinlich auch. Danijel atmete auf. Von hier aus im Regen zum Bahnhof zu gehen und sich gleich einem Schüler, der heim musste, zu verabschieden wäre eine allzu schreckliche Vorstellung gewesen.

Mit Viktoria unter den anderen Hotelgästen in einem Restaurant zu sitzen und sich ihr zuliebe verstellen zu müssen, beinahe genauso schlimm. Vor allem deswegen, weil sie dann auch wieder die Frau sein würde, die ihn so gar nicht anregte. Ihn faszinierte das Mädchen in ihr. Die wunderbare Erotik ohne Vollzug. Das war neu für ihn. Neu und aufregend. Vielleicht trug diese Erfahrung den Schlüssel für seine neuen Lieben in sich. Die Seele zu berühren, bevor sich die Körper fanden.

„Danijel?", Viktoria bemerkte sein Zögern. „Danijel, ich kann dich auch zur Bahn bringen, ich dachte nur?" Ach herrje war sie vorgeprescht, fand er sie womöglich jetzt aufdringlich? Wieder einmal wischte er diese Sorge mit einem breiten Lächeln weg. „Nein, nur das nicht! Ich komme sehr gerne mit!"

So kam es, dass die beiden hintereinander durch die Hotelhalle trabten und schließlich in Viktorias Zimmer mit dem Blick auf den See landeten. Für das kurze Stück hatte Viktoria ihre Schuhe wieder angezogen, kaum im Zimmer angekommen, schleuderte sie sie in die Ecke und lachte.

„Wir haben nichts mehr zu trinken, ich bestelle uns etwas, gut?" „Und noch etwas, diese Runde geht auf mich, Freunde – gut?" Dabei schaute sie ihn an wie die Schlange, die im nächsten Moment die Maus fressen würde. Es gab kein Zurück. „Ja, diese Runde geht auf dich. Ja, Freunde." Danijel schmunzelte säuerlich, jetzt hatte sie ihn doch noch erwischt. Mit ihrem Alter, ihrer Erfahrung, ihrer Souveränität. „Danijel, ich möchte gerne duschen. Der Tag war lang und das nasse Kleid ist unangenehm. Wenn du willst, kannst du dann gerne auch das Bad benützen, es sind sogar zwei Bademäntel da.

Ist ja schließlich ein Doppelzimmer." Wieder lächelte sie. Es war schon komisch. Nun, wo feststand, dass sie keine treulose Ehefrau sein würde und auch keiner alten Sehnsucht folgen musste, ging alles plötzlich leicht. Das Mädchen in ihr durfte sich zeigen, war ein öffentlicher Teil von ihr geworden, der seine neue Freiheit genoss. Danijel lächelte auch. Genau diese Viktoria war es, die ihn in der Boutique angelächelt hatte. Vor nicht allzu langer Zeit.

Nun stand sie nebenan im Badezimmer unter der Dusche. Allein die Vorstellung daran erregte ihn. Elfe hin oder her, hier lauerte die Gelegenheit auf eine Liebesnacht.

Entschlossen marschierte Danijel zur Badezimmertür. Er blieb davor stehen, legte die rechte Hand auf die Türschnalle und drückte sie sanft nach unten. Er öffnete die Tür vorerst einen kleinen Spalt. Das reichte um Viktoria zu sehen, ihre langen, dunklen Haare, den Schwung ihrer Hüften, ihre schlanken Beine und, weil sie sich gerade ein Stück drehte ihre spitzen, kleinen Brüste.

Er setzte gerade zum nächsten Schritt an, da klopfte es laut an der Tür. Viktoria drehte sich abrupt in Richtung der Badezimmertür.

Sie war geschlossen. Es musste wohl der Zimmerkellner mit dem Wein gewesen sein. Danijel öffnete dem Kellner nicht. Er fühlte sich ertappt und stellte sich flugs auf den überdachten Balkon, so als wäre er die ganze Zeit schon hier gestanden und hätte auf den naheliegenden See geblickt. Viktoria freute sich bereits auf den eingetroffenen Wein.

Doch als sie aus dem Bad kam war da keiner. Auch Danijel war nicht zu sehen. In ihren zarten Seidenpyjama und den viel zu großen Bademantel eingemummelt kam sie auf den Balkon.„Danijel, ach da bist du, kannst du bitte den Wein urgieren. Ich meine, der sollte doch längst da sein. Hat es nicht gerade geklopft?"

Danijel schaute sie an wie einen Geist. „Viktoria, ich bin ein blinder Passagier in deinem Zimmer, ich kann unmöglich den Wein urgieren!"

Sie legte die Stirn in Falten. „Du hast recht, das ist wohl doch ein wenig zu dreist. Wer weiß, wer hier noch eine Verlängerungsnacht gebucht hat, oder ob sich jemand im Hotel daran erinnert, dass ich verheiratet bin. Ich werde das selbst machen." Fast konnte sie Helmuth schmunzeln sehen, als sie das dermaßen entschlossen verkündete. Schnell fand sie wieder zu Danijel zurück: "Geh du jetzt bitte auch duschen, deine Jeans sind durchnässt, sonst verkühlst du dich noch."

„Ja, Mama Viktoria." Danijel schaute ihr kampflustig in die Augen. Das Angebot zu duschen nahm er an. Die Jeans klebte tatsächlich scheußlich kühl an seinen Oberschenkeln. Viktoria schnappte sich den nächstbesten Zierpolster und warf ihn ihm an den Kopf.

„Verschwinde ins Bad!" Beide genossen ihre Ausgelassenheit. Der letzte Zug war längst in Richtung Wien abgefahren, sie würde ihn wohl nicht auf die Straße setzen, das beflügelte sie beide.

Unter der warmen Dusche entlud sich Danijels Erregung, das erlaubte ihm einen entspannten Verlauf des Abends.

Gewissenhaft, wie Viktoria war, schaute sie sicherheitshalber vor der Zimmertüre nach. Wahrscheinlich hatte Danijel das Klopfen überhört oder hatte sich gar auf dem Balkon vor dem Entdeckt werden versteckt. Ja, tatsächlich, da stand das Wägelchen mit der Flasche Wein. Sogar Nüsschen und Chips fanden sich auf dem Tablett. Viktoria schob den stummen Diener ins Zimmer und platzierte ihn neben dem Doppelbett.

Das Prasseln des Regens wurde mittlerweile auch noch von Windböen begleitet, sie schloss die Balkontüre und zog die Vorhänge vor. Zu hell war es jetzt noch hier für diese späte Stunde. Also knipste sie die Nachttischlampen an und machte das Zimmerlicht aus. Sie zog den Bademantel aus. Jetzt, nur im Pyjama fühlte sie sich besser.

Anschließend schüttelte sie die beiden Polster auf, lehnte ihren eigenen an die Wand und setzte sich mit ausgestreckten Beinen auf ihre Seite des Bettes. In diesem Augenblick beschloss sie endgültig, das Bett auf der anderen Seite für diese Nacht Danijel zu gönnen und diese Aktion für gut zu befinden.

Als Danijel aus der Dusche kam, in seinem Slip und im für ihn genau passenden Bademantel fand er Viktoria ebenso vor. Ihm gefielen das dumpfere Licht und die gemütliche Atmosphäre. Innerlich lächelte er ob seiner herrlichen Phantasie. Wie selbstverständlich schenkte er den Wein ein und setzte sich zu Viktoria ans Bett. Er reichte ihr ein Glas und prostete ihr zu. „Es ist wunderbar, dich kennengelernt zu haben, schön, dass du heute Nacht bei mir im Zimmer bleibst." Scherzte er. Um gleich darauf ernst nachzufragen: "Viktoria, ist es in Ordnung für dich, wenn ich bleibe? Ich möchte gerne bleiben. Sehr gerne sogar." In seinen dunklen Augen lag in diesem Augenblick eine Tiefe und Ernsthaftigkeit, die Viktoria kurz nachdenklich werden ließ. Gut, dass sie zuvor schon ihre Entscheidung getroffen hatte.

Jetzt stand sie zu ihrem Versprechen an sich selbst. „Ja, ich möchte auch, dass du bleibst." Beide nahmen einen Schluck Wein, Danijel hielt Viktoria den Erdnussteller vor die Nase. „Die kannst du mit auf deine Seite nehmen. Ich mag keine Nüsse. Gib mir lieber die Chips." So kam es, dass Danijel die Schale mit den Kartoffelscheiben auf Viktorias Nachtkästchen stellte, den Servierwagen mit dem Wein und den Nüssen auf die andere Seite des Bettes stellte und sich neben Viktoria auf die mittlerweile sein Bettseite gesellte. Gebräunte Männerbeine und schöne Füße lugten aus dem weißen Bademantel.

Danijel blieb ein appetitlicher Bursche, so oder so. Irgendwann in dieser Nacht löschte Danijel die Lichter, zog den Bademantel aus und schlüpfte unter die Decke. Nun hatten sie schon die Zahnbürste geteilt, viel intimer ging es kaum noch. Er beugte sich zu Viktoria und küsste sie auf den Mund. „Gute Nacht, schlaf gut."

Er schmeckte nach Rotwein und Sommersonne, dieser Kuss würde sie träumen lassen. Von ihrer Zukunft als ganzer Frau. Irgendwann in diesen wenigen Stunden verirrten sich auch noch Gedanken in die neue Mediationsecke in der Kanzlei.

Sie roch nach pudriger Nachtcreme und ihre Lippen waren warm und weich. Dieser Kuss würde ihn träumen lassen. Von seiner Zukunft als ganzer Mann. Irgendwann bis zum Morgen mischten sich noch Gedankenfetzen an seinen Geländeaufenthalt in seinen Traum. Die Nacht verwob die beiden Welten und ließ sie rechtzeitig wieder einander los lassen.

Der Sommermorgen kam schnell. Viktoria wachte wie an fast jedem Tag zeitig auf. Neben ihr lag dieser herrliche junge Mann mit dem sie einen der schönsten Abende ihres Lebens verbracht hatte. Fast wie ein Kind lag er da und schlief. Viktoria erinnerte sich daran, wie er ihr von seinen nächtelangen Studien erzählt hatte und wie er immer zu spät ins Bett ging. Das gab ihr die Gelegenheit aufzustehen, sich anzuziehen und ihren Koffer zu packen.

Sie wurde das Gefühl nicht los, dass alles gesagt war und es besser wohl nicht mehr werden könnte. Warum ihn also aufwecken? Vielleicht sollte sie ihm ein Frühstück organisieren?

„Bitte Vicky, reiß dich zusammen, das wird er wohl selbst zustande bringen" Das erste Mal seit langem sprach sie sich mit ihrem Kosenamen an. Paradox war das, dass gerade der Mensch, der sie nun konsequent mit Viktoria ansprach, sie wieder um ihre innere Vicky bereicherte. Danijel drehte sich zur anderen Seite und grunzte freundlich.

Viktoria schlug die Hotelmappe auf und nahm ein Stück Briefpapier heraus. Mit dem Bleistift, der neben der Mappe lag, schrieb sie ein

„ Alles Liebe!" auf das Blatt und steckte es in Danijels Hosentasche. Ohne Namen darunter, nicht einmal das V. Selten fühlte sie so eine Ausgeglichenheit und Gleichberechtigung in einer Beziehung. Die würde sie mitnehmen in ihre Welt. Ganz bestimmt.

Leise schloss sie die Zimmertür. Die Rechnung kam direkt an die Kanzlei. Die Zimmerkarte ließ sie sicherheitshalber bei Danijel. Sollte ihn doch wohl kein Zimmermädchen finden. Wenngleich dieses vielleicht sogar ihre Freude an ihm gehabt hätte. Ach herrje, sie kippte schon wieder in alte Klischees. Nichts wie weg und erst im Café neben der Landstraße gefrühstückt. Dort wo es den herrlichen Espresso gab und das Hotel und der Bahnhof weit genug weg waren.

Als Danijel einige Zeit später munter wurde, lag bereits die Mittagssonne über dem See. Er streckte sich und gähnte laut. So wie er das jeden Morgen tat. Sein rechter Arm griff – wie meistens – in Leere.

„Viktoria?" Schlaftrunken wähnte er sie noch in der Nähe. Nach dem Gang ins Bad, dem kalten Wasser im Gesicht und dem Bemerken der fehlenden Kleidungsstücke Viktorias wurde es ihm schnell klar.

Sie war weg. Seine Augen streiften durch den Raum, der gestern noch eine gemütliche Höhle gewesen war. Jetzt putzte das grelle Sonnenlicht alle Spuren weg und bald schon würde das auch das Zimmermädchen tun.

Ach herrje, das Zimmermädchen! Danijel warf einen Blick auf die Handyuhr. Es war höchste Zeit! Er konnte den nächsten Zug erwischen und dann noch die Nachmittagsveranstaltung auf der Uni schaffen, die bis in den späten Abend andauerte. Heute wollte er die Nacht nützen, um Viktoria zu vergessen. Nein, nicht vergessen, in der Vergangenheit lassen. Die laute Musik und die Mädels würden ihn dabei unterstützen. Einmal im Monat gab es diese study and groove partys, denen er meist ferngeblieben war. Heute passte es ihm gut.

Flugs schlüpfte er in die Jeans. In seiner Tasche raschelte ein Zettel.

„Alles Liebe!" Noch einmal regte sich seine Männlichkeit, noch einmal überkam ihn die Erinnerung an den Geruch ihrer Haare. „Alles Liebe!" las er laut. Vor ihrer Begegnung war er um diese Nuance der Liebe ärmer gewesen, jetzt machte sie ihn reich und strahlend. Er steckte den Zettel in die rechte Potasche seiner Jeans und schmunzelte. Beim Hinausgehen nahm er möglichst unauffällig den Seitenausgang.

So wie er sie einschätzte, war das Zimmer bezahlt, doch lieber blieb er auf der sicheren Seite. Bald schon saß er im Zug. Die Landschaft zog an ihm vorbei. Alles Liebe und gut.

ZURÜCK IN DER ZUKUNFT

Viktoria genoss den schwarzen Kaffee, der sie an Italien erinnerte. Sie würde Helmuth vorschlagen, ein gemeinsames Wochenende zu verbringen. In weniger als sechs Stunden waren sie am Meer. Ben und Clemens konnten für diese Zeit gut in bewährter Obhut daheim bleiben. Die beiden waren ohnehin froh, wenn sie das Kindermädchen für sich alleine hatten und die kontrollierenden Eltern weg waren. Viel zu selten nutzten Helmuth und sie diese Gelegenheit. Viel zu vorsichtig und sanft löste sie sich von den Buben. Viel zu anhänglich war sie selbst geworden. Immer nur in der Kanzlei oder mit der Familie. Die Frau war auf der Strecke geblieben und der Sex sowieso. Das Handyläuten riss sie aus den Gedanken. „Ja, ja, ich sitze bereits in dem Café, du weißt schon." Helmuth wusste, weit und breit im Umkreis des Sees galt der Kaffee dort als der beste. „Übrigens, wir könnten doch wieder einmal ein Wochenende nach Italien fahren, oder?"
Helmuth seufzte. „Du, die Buben sind sowas von unbeweglich grade. Sie wollen Zeit mit ihren Freunden verbringen. Ich konnte sie kaum loseisen. Wiewohl, als ich es dann geschafft hatte…" Viktoria unterbrach ihn sicherheitshalber. „Nein, ich meinte, du und ich. Wir haben das ewig nicht mehr gemacht!" Sie hörte das Schweigen, das so viel bedeutete wie „Hast du das tatsächlich gerade gesagt? Du, die du ohne die Buben keinen Schritt tust, sobald du Freizeit hast?"
Helmuth war erfahren genug, das nicht laut einzuwenden. Nur Viktoria nicht wieder abbringen von dem herrlichen Gedanken. Er räusperte sich merklich und antwortete: „Das ist wahrhaft eine gute Idee! Es gibt nämlich auch einiges zu besprechen. Mir sind einige Dinge aufgefallen und ich möchte mit dir über eine wesentliche Veränderung in unserem Leben reden." Viktoria schluckte. Was meinte er damit? „Das müssen wir jetzt aber nicht telefonisch regeln, gut? Ich bin in einer knappen Stunde wieder daheim!" „Du hast recht, jedenfalls machen wir das heute noch fix mit dem Wochenende. Ich freu mich auf dich! Bis später!"
„Ich freu mich auf dich!" – ein Hauch schlechten Gewissens schlich sich in Viktorias Herz. Der wunderbare Mann, der das Wochenende mit den Buben bewerkstelligt hatte freute sich auf die Frau, die gerade eine Nacht mit einem jungen Mann im Seminarhotel…

Ja, es stimmte tatsächlich. Das Strahlen in ihrem Herzen verscheuchte den Schatten auf der Stelle. Er konnte sich auf sie freuen. Gerade eben, weil sie diese Zeit mit Danijel ab jetzt für immer in ihrem Herzen trug. Lebendiger und mehr sie selbst bekam Helmuth sie zurück.

Zurück in der Zukunft.

Helmuth lehnte sich seufzend in den gemütlichen Lehnsessel. Wahrscheinlich war es die kleine Auszeit gewesen, die Tage am See, die Viktoria so fröhlich und jung klingen ließen. Die letzten Monate waren dicht gewesen. Beinahe hätte er auf das falsche Pferd gesetzt und sich mit einigen Kollegen als „Die Scheidungsprofis" profiliert.

Dann war da wie aus heiterem Himmel diese besondere Scheidung als Fall auf seinem Schreibtisch gelandet und Viktoria hatte sofort zugestimmt, auf dieses Mediationsseminar zu gehen. Zum Glück blickte er jeden Morgen immer noch intensiv in den Spiegel um sich noch in die Augen schauen zu können. „Manchmal spielt das Leben einem schon verrückte Karten zu. "dachte er.

Und setzte sich an den Computer und buchte für das übernächste Wochenende ein Zimmer mit Meerblick mit der Bitte einen Tisch in ihrem Lieblingsrestaurant zu bestellen. Das war wirklich schon lange her, dass er ein Doppelzimmer buchte. Keine geschäftliche Einzelzimmerreise, keine Wohnung, keine Zimmer mit Verbindungstür. Nur sie beide. Ob es wohl die kleine Bar direkt am Strand noch gab?

ENDLICH

Der rote Wein in dem bauchigen Glas vor ihr auf dem Tisch schimmerte purpurfarben. Draußen lag das Meer, still und friedlich. Die leise Musik in der Bar schaukelte sie beinahe in den Schlaf. Allerdings nur beinahe. Der Grund dafür war der Mann, der neben ihr saß.
Sein linker Arm umschlang ihre Hüfte und seine rechte Hand strich ihr zärtlich über das Gesicht. In diesem Gemisch aus Hitze und Wärme blieb die Zeit ehrfürchtig stehen.
Nichts davor, nichts danach würde mit diesem Gefühl mithalten können. Jeder Schlag ihres Herzens, jeder Atemzug galt dem Moment.
Sie schloss die Augen und lehnte sich in seine Umarmung.
Endlich ließ sie die Hingabe und die Weiblichkeit zu. Bedingungslos.

Außerdem von Gabriela Joham erschienen

im guten Buchhandel oder über Bod.de oder Amazon.at oder andere Internetanbieter zu beziehen:

GLUTAUGEN, ISBN-978-3842307285 BoD

Vier eigenständige Geschichten vereint der Titel, die sich vielleicht unter dem Genrebegriff „Novellen" erfassen lassen, denn sie sind mehr als Kurzgeschichten, aber weniger als Romane. Allesamt sind sie Lebensbilder, die ermutigen.

LEBEN und LEBEN lassen ISBN-13: 978-1627841405 Windsor

Abenteuerlich, spannend und immer wieder auch herausfordernd und schwierig gestalten sich unser aller Leben. In diesem Buch sind unterschiedliche Schwerpunkte verschiedener Leben in anregenden Geschichten geschildert. Ergänzt werden die Geschichten durch Lyrik, die ebenfalls in besonderen Lebenssituationen geschrieben wurde. Durch die Erzählweise der Autorin wird es möglich, eigene Geschichten entstehen und eigenen Gefühlen freien Lauf zu lassen. Lektüre für mehr Lebenskraft.

11 ISBN-13: 978-3848202034 BoD

11 Menschen interessieren sich für ein nicht genauer beschriebenes Seminar. Sie alle haben ihre individuellen Lebensgeschichten, die in kurzen Auszügen geschildert werden.

WEGLICHTER ISBN-13: 978-1938699566 Windsor

Jedes Jahr zu Weihnachten entsteht eine Geschichte. In diesem Büchlein sind einige zusammengefasst. Ergänzt um andere zauberhafte Geschichten und besondere Gedichte.

EIN NEUER TAG – ein neues LEBEN
Ab November 15 im Buchhandel

ein junger Mann entdeckt Schritt für Schritt seine hellfühlige Gabe
spannende Einzelgeschichten ergeben ein perfektes, wunderbares Bild
Seine Initialen AG finden sich in der Kurzbezeichnung für Silber. So ist
es kein Zufall, dass ihm die Fürsten des Mondes beistehen.

Herstellung und Verlag:
BoD - Books on Demand, Norderstedt
978-3-8423-3377-2